復讐の枷

～それでも お前を愛してる～

矢城米花

Splush文庫

contents

プロローグ

「……ん、く……っ、ぅ……」

　食いしばった唇の間から、途切れ途切れの呻《うめ》き声がこぼれている。眉根《まゆね》を寄せて喘《あえ》ぐ表情は、屈辱《くつじょく》のせいか、それとも望まない快感ゆえか。

　何本もの手が、衣川臨《きぬがわりん》の細い体にからみつき、自由を奪っている。パーカーは肩から脱げ落ちそうになるほどはだけられ、Ｔシャツは乳首が覗《のぞ》くまでまくり上げられていた。下半身もきっと複数の手で嬲《なぶ》られているのだろうが、乗客の体が邪魔になって、ここからでは見えない。

　普段は血の気の薄い白い顔が、今は薔薇《ばら》色に上気して、なんとも言えず艶《なま》めかしい。のけぞって喘ぐたびに、くせのない黒髪が揺れる。

　乗客の隙間から臨の様子を観察し、アーサー・ファーガソンはほくそ笑んだ。

（ざまみろ。どんな気分だ、一方的に服を脱がされて恥ずかしい目に遭《あ》うのは？　今度はお前が味わえ）

　臨が小学生の頃にいじめたクラスメートが日本に戻ってきて、こんな形で復讐《ふくしゅう》しているなど、思いもしないだろう。しばらくは誰が犯人で動機がなんなのかわからないまま、悩んでもらおう。

正体を明かすのは、当時自分が味わった屈辱に、利息を付けて返してからだ。

(それにしても男を痴漢《ちかん》したがる男が、こんなに大勢いるとはな)

若い女の子ならともかく、男がターゲットでは『痴漢プレイの参加者募集』とネットに書き込んだところで、何人集まるかと疑っていた。実行直前の書き込みだったし、三、四人がせいぜいだろうと思っていたが、十人以上が加わっているようだ。隠し撮りした臨の画像を載せたのが効いたのか。

痴漢達に取り囲まれて弄《もてあそ》ばれる臨は、口を引き結び、必死に声を出すまいとしているようだ。だがしばしば快感に耐えきれなくなるのか、唇を半開きにして甘い喘ぎをこぼす。

「く……っ!」

眉根を寄せて大きくのけぞったのは、誰かの手が乳首を強くつまんだせいか。

臨が身をよじった。

人垣を透かして、臨の下半身が見えた。

デニムパンツのファスナーを全開にされ、紺色の下着が覗いている。誰かの手がその中へ入り込み、もぞもぞと動いている。肉茎をしごかれているのかも知れない。臨の唇が動いた。『いやだ』と言っているように見えた。

それでも大声を出すことはない。騒ぎを起こせば、どんな代償を払わねばならないか、臨は充分に承知しているはずだ。顎《あご》をそらして喘いだあと、うなだれて溜息《ためいき》をついた。

（……しかし臨が騒がないと、連中が図に乗りそうだ）

同性愛者の集まる掲示板への書き込みでは、『触るだけ、本番なし』と書いておいた。しかし興奮した痴漢達がその約束を守るかどうかは疑わしい。

（ぎりぎりまで待って、臨を怯《おび》えさせてから止めるか？）

アーサーは集団痴漢に嬲られる臨を見守り、タイミングを計った。本番なしという条件をつけたのは、決して臨を守るためではない。臨を一番傷つける行為は、他の誰でもなく自分自身が実行したいと思っているからだ。

（お前に再会しなかったら、こんなことをしようとは思わなかっただろうけれど）

いじめは過去のこと、もう終わったことだと自分に言い聞かせ、忘れたふりをしていられたかも知れない。だが十三年ぶりに再会した臨は、過去を悔いるどころか、自分はいじめに関わったことはないと、しらばっくれたのだ。

（お前が憎い、臨……一生、許さない）

負の感情があふれ出してきて、口元が歪《ゆが》むのを感じる。

嬲られる臨を見守りつつアーサーは、臨を集団痴漢の罠《わな》に落とした経緯を思い返した。

1

臨と再会したのは五日前だ。

きっかけは、その前日、伯母に世話を押しつけられたトイプードルだった。

(まさか本当に、俺のマンションに犬を置いて旅行に行くとは……)

リビングルームの隅《すみ》に置かれたドッグサークルと、その中できちんとおすわりして自分を見上げるトイプードルを眺め、アーサーは途方に暮れた。

茶色い巻毛を綺麗《きれい》にカットされたトイプードルは、『さあ撫《な》でなさい、遊びなさい』と言わんばかりに瞳をきらめかせている。自分が愛らしく、ちやほやされるべき存在であることを、微塵《みじん》も疑っていないらしい。サークルの横には、ペットシーツやフードや散歩用品が山になっている。まだ自分の引っ越し荷物も片付いていないのにと思うと、眩暈《めまい》がしそうだ。

伯母は今朝、犬と荷物をこの部屋に運び込ませ、自分と夫が銀婚式記念の船旅に出ている間、愛犬の面倒を見るようアーサーに言い残して、素早く去っていった。

(相変わらず無茶苦茶だ。でも伯母さんの頼みじゃ、仕方ないか……)

現在はアーサー・ファーガソンと名乗っているし、金褐色の髪に緑の眼なので、純粋な米国人と間違えられやすいけれど、自分は日本人の父とアメリカ人の母の間に生まれたハーフだ。伊沢亜佐斗《いざわあさと》という日本名も持っているし、昔、わずか半年ではあったが、両親と家族三人で日本に暮らしたこともある。

(考えたら、あの頃からずっと世話になりどおしだ)

画家という仕事柄か世間知に乏しかった父と、日本の慣習に疎《うと》いアメリカ人の母が、日本へ移り住むにあたって、大きなトラブルに見舞われることなく、無事に生活を始められたのは、伯母があれこれ世話をしてくれたおかげと聞いている。

父が突然病に倒れ、治療の甲斐《かい》なく死亡した時も、そして母とともに自分がアメリカへ戻ると決めた時もそうだ。親族の口出しを抑え、まだ子供で何もできなかった自分と、哀《かな》しみに打ちひしがれていた母に代わって、諸般の手続きを片付けてくれた。父が生前、『子供の頃から、姉には頭が上がらない』と言っていた理由がよくわかった。

(犬嫌いなわけじゃないし、二週間ぐらいなら喜んで預かろう)

今回、アリゾナ州都フェニックスの研究所を辞めて、ヘッドハンティングされた日本の企業へ転職すると知らせた時も、アーサーに代わり、家賃や広さや住環境など、希望にかなうマンションを探して契約してくれた。

日本に渡ってきたのは一昨日だ。

働き始めるまでに一ヶ月の猶予《ゆうよ》期間を取ってある。その間に引っ越しに伴う諸手続や荷物の整理をし、これまでの研究成果をまとめ、余った時間は休養に充《あ》てるつもりでいた。それを『どうせ暇でしょ?』の一言で片付けられたのだけは納得いかないが。

(ペットホテルはいやだと伯母さんが言うんだから、仕方がない。ただ……預かるのはいいんだが、小型犬はちょっと怖《こわ》いな)

今までアーサーが飼った犬は、ボーダーコリーやグレートピレニーズ系ミックスなど、中型から大型ばかりだった。それに比べてトイプードルは、あまりにも小さく華奢《きゃしゃ》だ。遊んでやらなければならないのだろうが、か細い脚がぽっきり折れないか、小さな喉《のど》にフードが詰まらないかなど、心配の種は尽きない。

(……やはり、ペットシッターを雇おう)

こちらにも予定があるから、一日中犬に付きっきりというわけにはいかないし、小型犬をどう扱っていいのかわからない。ペットシッターの派遣サービスに電話をかけ、希望条件を述べたうえで、男性スタッフの派遣を希望した。

女性と一室で二人きりになる状況は避けたかった。

転職のきっかけが、振った同僚女性の逆恨みで、レイプ疑惑をでっち上げられたことだったのだ。施設内の防犯カメラのおかげで、濡れ衣《ぎぬ》だったことがすぐに判明したものの、アーサーの立場を理解してくれる者ばかりではなかった。逆に、『あんな濡れ衣を着せられるからには、彼女にそれ相応のひどい真似をしたに違いない』と考えて、白い眼を向けてくる者も半数近くいた。

そんな時にヘッドハンティングを受けたので、一も二もなく乗った。

(でっち上げで非難されるのは、もうごめんだ)

暗かった少年時代を取り戻すように、高校や大学ではそれなりに恋愛を楽しんだ。同性から告白されて付き合ったこともある。さばけた人間になれたつもりでいた。

しかし趣味でない女からレイプしたと責められた、精神的な苦痛は大きかった。周囲から疑いと軽蔑《けいべつ》の目を向けられると、自尊心が粉砕《ふんさい》される。子供の頃にいじめられた記憶が蘇《よみがえ》り、夜ごと悪夢にうなされた。

自意識過剰と言われても、二度と、女性と二人きりの状況は作りたくない。

電話の向こうのスタッフは、愛想よくアーサーの要望を受け入れた。

『ご依頼ありがとうございます。当社の派遣するシッターは全員、愛玩《あいがん》動物飼養管理士の資格を持っておりますので、ご安心ください。明日の午後二時に、男性のシッターをそちらのマンションへ派遣致します。まだ若い子ですけれど、ワンちゃんの相手はとても上手ですわ。キヌガワリンと申しまして……』

アーサーの心臓が跳ねた。

(キヌガワ……リン？)

自分の顔がこわばっていくのを感じた。記憶の奥底に封じ込めて、とっくに忘れたはずの名前が、意識の表層に浮かび上がる。

子供の頃によく知っていた、『衣川臨』ではないのだろうか。地方旧家の一人息子だった臨が、一介のペットシッターとして働いているとは思えないが、衣川はそれほどありふれた姓ではない。まして名前まで同じだ。

『もしもし？　どうかなさいましたか？』

沈黙を不審に思ったのか、電話の向こうの担当者が問いかけてくる。

『何か不都合がおありでしたら、変更を……』

「い、いえ！　あの……その人は、ちゃんとしたシッターなんですね？」

『当社に四年勤めておりますが、今まで苦情は一件もありません。きっと、ご満足いただけると思いますわ』

「わかりました。ではその人にお願いします」

電話を切ったあと、アーサーはソファにぐったりと座り込んだ。

（……なぜ俺は、了承したんだ？　向こうから、人を替えると言ったのに）

あの『衣川臨』なら、決して再会したいような間柄ではない。なのになぜその人に頼むと答えてしまったのか。

（まさか無意識下で俺は、臨に会いたいと考えているとでも？　そんな馬鹿な……それは確かに、最初の頃は仲がよかったけれど……）

遠い――懐かしく、それでいて忌《い》まわしい記憶が、意識の深層から蘇ってきた。

臨と出会ったのは、自分が十三歳の時だった。

それまでアリゾナで両親と暮らしていたが、画家だった父が日本へ帰りたいと希望し、家族三人で移住することになったのだ。

父が居住地に選んだのは、昔、父の祖父が暮らしていたという地方の城下町だった。空き家になっていた古民家を格安で譲り受けて手を入れ、居住自体はスムースに決まった。しかし両親が困ったのはアーサーの転入先だ。田舎町にインターナショナルスクールはない。

年齢どおりなら中学校への編入になるが、幼年期のアーサーは病弱で入退院を繰り返していたため、勉強がひどく遅れていた。日本の学校で勉強についていくのはさらに難しいと思われた。家庭内では日本語と英語の両方を使っていたため、会話はできる。だが日本語の読み書き、特に漢字にはかなり問題があった。

教育委員会や学校と協議を重ねた結果、アーサーは小学四年生のクラスに入ることになった。それが学力的に一番妥当と判断されたのだ。

三つも年上の自分を、日本人の子供達は受け入れてくれるのか、馬鹿にされるのではないかと、不安と気後れに身を縮めて、アーサーは小学校へ転入した。

『ハ……ハジメマシテ。伊沢、亜佐斗、デス』

会話には不自由がないつもりだったのに、三十人近いクラスメイトの前で日本名を名乗る時は、緊張のあまり、たどたどしい日本語と英語じみた発音になってしまった。

教室中に流れた失望感を、アーサーは今もはっきり覚えている。

病弱で休学を繰り返したハーフの少年が転校してくると聞き、皆、少女漫画に出てくるような金髪美少年のイメージを抱いていたのだろう。それなのに当時の自分ときたら、やせっぽちだし背は低いしそばかすだらけだし、髪の色さえ皆の期待を裏切って、黒に近い暗褐色だった。

がっかりした気配が露骨《ろこつ》に伝わってくる中、教師に指示された席に座った時——横からの視線を感じた。失望や嘲笑《ちょうしょう》ではなく、親愛の情がこもった視線だ。

(誰……?)

隣を見て、アーサーは目をみはった。

自分がこんなふうに生まれたかった、という理想の姿に近い、愛くるしい少年がそこにいた。

色白だけれど温かみを感じさせるなめらかな肌。子供らしいふっくらした曲線を描く頬《ほお》に、黒眼がちの瞳。さらさら揺れる漆黒《しっこく》の髪、つついてみたくなるような、やわらかそうな唇──。

（うわ……日本ってすごいな。アニメみたいな可愛《かわい》い子が、本当にいるんだ）

見とれていたら、少年の方から笑いかけて名乗ってくれた。

『はじめまして。僕、衣川臨っていうんだ』

『あっ……は、はじめま、して……』

『伊沢君って呼んでいい？　年上だし、伊沢さんの方がいいかなぁ。……あ、僕の発音、わかる？』

日本語ができないとからかう口調ではなく、純粋に心配する様子で尋ねられ、すうっとアーサーの緊張がやわらいだ。なめらかに舌が回るようになった。

『だ、大丈夫。話すのと聞くのは、できるんだ。さっき挨拶《あいさつ》した時は、緊張して、うまく喋《しゃべ》れなくて……』

『わかる。転校した時とかクラス替えとかの挨拶って、緊張する』

教師が私語を注意してきたため、臨は口をつぐんだけれど、またあとで話そうというようににっこり微笑《ほほえ》んでくれた。

ホームルームが終わると、他のクラスメートも寄ってきた。臨のおかげだった。

おどけたり騒いだりするタイプではないけれど、臨は頭の回転が速く、周囲への気配りが行き届き、常にクラスの中心にいた。その臨が自分を受け入れてくれたことで、クラス全体に友好的な雰囲気が生まれたのだ。

帰宅した自分が、臨に優しくしてもらったこと、とても可愛らしい少年であることなどを、興奮して話すのを見て、父も母も安心した様子だったのを今も覚えている。

皆となじんだあとも、アーサーが一番仲良くしていたのは臨だった。

最初のうち、臨にとって自分は、『その他大勢』の中の一人にすぎないのではないか、そう懸念《けねん》していた。臨はクラスメートの誰からも好かれていたし、登校班や部活の上級生下級生とも仲がよさそうだったからだ。さして取り柄のない自分に構ってくれるのは、単なる親切心からではないかと、不安だった。

だが臨は、自分と二人きりで遊ぶことに躊躇《ちゅうちょ》しなかった。他のみんなも一緒に、とは言わず、一人で家へ遊びに来てくれた。

『すごいね、亜佐斗のうちって本がいっぱいだ。全部読んだの？』

『全部は無理だよ。お父さんやお母さんの本棚には、触《さわ》っちゃだめって言われてる。でも子供部屋とリビングの本はほとんど読んだ』

『だから亜佐斗は、何を質問しても大抵わかるんだね。そういう時はやっぱり、年上なんだって思うよ。頭がいいし、なんでも知ってる。運動会の応援の時だって、みんなが思いつかないようなアイデアをいっぱい出してくれたし』

『そ、そんなに褒《ほ》めてもらえるほどのことじゃ……』

『吉岡《よしおか》先生にサプライズでお祝いをした時も、楽器を使うんだから学年主任の加藤《かとう》先生には話しておいた方がいいって、言ってくれただろう？　あれ、もし加藤先生に言わずにやってたら、教頭先生にガンガンに怒られるところだった。ほんとは頭がいいんだから、もっとみんなの前でも話せばいいのに』

『べ、別にいいよ。っていうか、たまたま思いついただけだよ』

『引っ込み思案だなぁ。……まあいいや、アーサーがみんなの人気者《にんきもの》になったら、僕とだけ遊ぶ時間がなくなっちゃうもんね』

『えっ？』

『あ、この本！　読みたいのに図書室でいつも貸し出し中なんだ、読んでいい？』

さらっと話を変えられたから、訊《き》き直すことはできなかった。けれども自分を独占したいと言われたように感じて、どきどきした。

その後も臨の好意的な態度は変わらなかった。他の友達は呼ばずにアーサーだけを家に招いたり、二人で自転車を漕《こ》いで隣町まで出かけたりもした。臨の両親がそれぞれ出かけて留守だという日に、自宅に泊めたこともある。同じベッドで一晩中話し込んだ。

アメリカにいる母方の祖母が病気になり、家族で帰米するかもという話が出たことがあった。アーサーは、せっかく仲良くなれた臨と別れなければならないのかと思い、食事が喉を通らなかった。父は、インターネット回線を通じて話ができると言ったが、なんの慰めにもならなかった。一緒にいるのとは、根本的に違う。臨に話したら、『僕も亜佐斗と離れたくない、いやだ』と言ってくれて、二人で泣いた。

結局は祖母が快方に向かったことで、帰米の必要がなくなったのだが、当時のアーサーは、その出来事が自分と臨を一層強く結びつけたと感じた。

親友同士、そう思っていた。

けれどそれは自分一人の誤解だったらしい。

ある一日を境にして、臨との関係は壊れた。なんのきっかけも、思い当たる原因もなく、臨の主導により、陰湿《いんしつ》ないじめが始まった。


(なぜ裏切ったんだ、臨……)

背もたれに体を預け、指先でこめかみを揉んでいたら、犬がキュンキュンフンフンと細い声を上げ始めた。ずっと放っておかれて寂《さび》しくなったのかも知れない。アーサーが深刻な雰囲気で悩んでいるのも、不安を煽《あお》ったのだろう。サークルから出して、お気に入りだというテニスボールを転がしてやった。犬がボールを追い回し、時々遊んでほしそうにこちらを見上げてくるけれど、記憶が重すぎてそんな気になれない。

苦いものが胃の底からこみ上げてくるようで、アーサーは洗面所へ向かった。水道の水を手に受けて、何度もうがいをする。

（なぜだ、臨？　なぜ急に態度を変えた？　前の日までは、普通に遊んでいたのに）

理由らしいものは何一つ思い当たらない。

けれども臨は突然、掌《てのひら》を返して自分に冷たく当たり始めた。

友情を終わらせただけでなく、他のクラスメートを煽動《せんどう》して、アーサーをいじめの標的にしたのだ。三つ年上とはいっても、幼い頃から病気がちで発育の悪かったアーサーは、体格も体力も標準以下だったから、複数のクラスメートからいじめられては、どうしようもなかった。

体だけでなく精神面も、当時の自分は弱かった。親友と思っていた相手から裏切られ、大勢から敵意を向けられたために、どうしていいかわからず、大人に相談する知恵も湧かず、ただ怯えるだけだった。

（……やめろ。思い出すな）

忌まわしい記憶があふれ出しそうになるのを、懸命に抑えた。自分が何をされたかは、思い出したくもない。

いじめの内容も厭《いと》わしいが、年下のクラスメートに逆らえなかった自分の弱さと、いじめられる自分を見て笑っていた臨を思い出すと、情けなくて苦しくて、胃が引き絞《しぼ》られるように痛み出す。父の病死をきっかけに日本を離れたため、いじめからは脱出できたけれど、当時の記憶はまだアーサーの中で、過去のものになってはいない。思い出すたび、心に血が流れる。

（ペットシッターが臨本人だったら、どうすればいい……？）

一度、派遣会社の方から『違うシッターに替えようか』と申し出があったのを、反射的に断ってしまったため、今更やっぱり変更してくれとは言えない。別人ではなく臨本人だとしても、対峙《たいじ》するしかない。

その時、自分は昔のような、卑屈《ひくつ》な態度を取らずにいられるだろうか。

（臨次第かも知れない。子供の頃の俺は、あいつの態度に一喜一憂《いっきいちゆう》していた）

女の子と間違うような可愛らしい顔立ちなのに——いや、そんな顔立ちだからこそだろうか。大きな眼に冷たい光をたたえ、やわらかそうな唇を蔑《さげす》むように歪めて、『わかんないの？　馬鹿だね』などと嘲笑されたら、身がすくんで、どんな命令でも従わねばならないという気になったものだ。

大人になっても、あの頃と同じように呪縛《じゅばく》から逃れられないとしたら、この十三年はなんだったのだろう。

そんなことを考えながら顔を上げた。洗面台の前の鏡に、自分が映っている。

（……臨は、今の俺を見て、昔のいじめられっ子、亜佐斗だと気づくのか？）

今の自分は、子供の頃とはすっかり印象が変わっている。

成長期を境に体質が変わったらしく、十五歳の頃からは、熱を出して寝込むことがなくなり、急に背が伸びた。その時期にボクシングや水泳、フットボールなどを始めて体を鍛《きた》えたのがよかったらしく、今は肩幅の広い、筋肉質な体つきになっている。さらに、砂漠気候と言われるアリゾナで陽光を浴び続けたためか、暗褐色だった髪は金褐色に変わり、肌が日焼けしてそばかすはまったく目につかなくなった。レーシック手術の効果で、眼鏡《めがね》はとっくにやめている。

健康になったために集中して勉強できるようになり、勉強が遅れていたのを取り返して、最終的には飛び級を繰り返して、二十歳で大学を卒業し、研究職に就《つ》いた。

父の死後、伊沢の姓を使うのはやめて、ずっとアーサー・ファーガソンで通している。さっきのペットシッター派遣会社への電話でも、そう名乗った。

臨が、昔のいじめられっ子の成長した姿として思い浮かべるのは、分厚い眼鏡をかけた、ひょろひょろ体型の頼りない男だろう。直接顔を合わせても、自分が亜佐斗だとはわからないのではないだろうか。

(臨を騙せる……正体を隠して近づいて、本音を探る……？)

初対面のふりで近づき、本音を聞き出すことを想像したら、これまでにないほど気分が高揚してくる。臨は自分をいじめたことを、どう思っているのだろう。少しでも後悔しているのか、それとも遊びの一つにすぎなかったのか。あるいは自分をいじめたことを忘れ去っているかも知れない。

最初の場合はともかく、あと二つのどちらかだったとしたら腹立たしい。それでも、何もわからないままよりはましだし、もし臨に反省も後悔もないのなら、その時は——。

（……復讐することだって、できるんじゃないのか？）

今の今まで、考えもしなかったことだ。惨《みじ》めな過去は忘れるべきだとばかり思っていて、乗り越えることなど考えもしなかった。だが、一方的ないじめを受けた自分にとって、復讐は正当な権利ではないだろうか。

（臨に復讐……俺がされたことを、やり返すのか）

想像したら、妙に興奮して背筋がぞくぞくする。臨と対決したいという気持ちが、強く湧き上がってきた。

約束どおり、翌日の午後二時ちょうどに、ペットシッターはマンションを訪ねてきて、インターホンを鳴らした。

『初めまして。センチュリーペットサービスの衣川と申します。トイプードルのマロンちゃんのお世話に伺《うかが》いました』

モニターに映る顔を眺め、静かに息を吸った。自分の予感は当たっていた。

「今、開けます」

答えて玄関へ歩きながら、アーサーは廊下の壁に掛けた姿見を覗き、改めて自分の姿を確認した。

（大丈夫だ。気づかれない。もう昔のいじめられっ子じゃない）

昔とは名前が違う。最初から疑いを持って対峙するのならともかく、今の自分なら真正面から顔を合わせても、気づかれはしないだろう。

ロックを外して玄関のドアを開け、ポーチに出た。

門扉《もんぴ》の外に、さっきモニターで確かめた顔の青年が立っている。

（臨……やはりお前か）

子供の頃は頬がふっくらした丸顔で、『可愛い』という言葉がぴったりだったけれど、今は『綺麗』『端整』という言葉が似合う、細面のすっきりした顔立ちになっている。だがくせのない黒髪や、アイメークしているのかと間違えそうな長い睫毛《まつげ》、黒目がちの瞳は変わらない。

デニムパンツにコットンのパーカー、ウェストポーチというシンプルな服装だ。生地がぺらぺらで縫製《ほうせい》が雑なのが、パッと見ただけでわかる。安価な量販品らしい。犬の散歩という仕事内容に合わせたのか、それとも経済的に余裕がないのだろうか。安っぽい服装のせいか、初見の印象は『結構美形かも』程度だ。けれどもし細身の体に合わせて仕立てたスーツか、あるいは色白の肌を引き立てる藍《あい》の浴衣《ゆかた》にでも身を包めば、すれ違う者全員が二度見してその麗容《れいよう》を確かめ、驚嘆《きょうたん》するだろう。

(こんなふうに成長していたのか)

無論、長々と凝視していたわけではない。顔を見つめたのはほんの二、三秒だし、内心を表情に出したりはしなかったはずだ。

臨はアーサーを見つめ、緊張を表すように目を軽く見開き、改めて名乗った。

「こんにちは、衣川臨と申します。あの、日本語で大丈夫なんですよね？　そう聞いてきたんですけど……」

大丈夫だ。臨は自分の正体に気づいていない。

「ああ、日本の大学に留学した時に覚えた」

傲慢《ごうまん》に見えるよう、わざと高圧的な口調で喋った。

「専門的な言葉は無理だが、日常会話は問題ない。アーサー・ファーガソンだ、よろしく頼む」

日本語が話せる理由は嘘でごまかし、いかにも米国人らしく見えるように片手を差し出した。偉そうな物言いに当惑していたらしい臨が、表情をゆるめて握手してくる。細い手はひんやりしていた。初めて会った十三年前にも、こうして手を握った。

(あの時も、臨の手は俺より冷たかったな)

やわらかいけれど、小さくて冷たくて――人形の手のようだと感じたことを思い出す。父から『手が冷たい人は心が温かい』という言い伝えを教えてもらい、転校生の自分を優しく受け入れてくれた臨は、その言葉どおりだと嬉しくなった。

だがいじめが始まってわかった。臨の心は手と同じく冷ややかだったのだ。

（……思い出すな。表情を変えるな。今は、そんなことをしている時じゃない。臨を観察するんだ）

自分に言い聞かせ、アーサーは臨を中へ招き入れた。離れていた十三年の間、臨はどんなふうに暮らしてきたのだろう。表情や仕草、言葉遣いに荒れたところはないが、裕福そうでもない。四年前からペットシッターをしているなら、大学には行っていないはずだ。

（そういえば、俺が日本を離れる直前、臨の両親が離婚するとかいう噂《うわさ》があったな）

当時のアーサーには周囲を気にする余裕がなく、あまり詳しい話は聞かなかった。本当に離婚したのかどうか、それで臨の生活が圧迫されたのかどうかまではわからない。

臨がどんな暮らしを送ってきたのか、調査会社に依頼しようと思った。できるだけ早く、そして本人には気づかれないようにしたい。規定料金の三倍、いや、十倍払えばなんとかなるだろうか。

アーサーが何を考えているかなど、臨にわかるはずもない。アーサーに契約や説明事項の書類を渡したあと、臨はトイプードルを構いにいった。

「ああ、可愛くて賢そうないい子です。まだ若いですよね」

「一歳半と聞いた。大きな病気をしたことはないそうだ。……この欄《らん》に書くのは、飼い主の伯母の名前か、それとも私の名前か？」

「契約者のファーガソンさんのお名前をお願いします」

リビングルームのセンターテーブルを挟んで向かい合い、書類の内容を説明してもらいながら、アーサーは必要事項を記入していった。

向かい合った位置から眺める臨の表情は、もの柔らかで優しい。もともとが中性的に整った顔立ちなので、こんなふうに微笑を浮かべていると、穏やかな好青年としか見えない。だが、信用してはならないことを、アーサーはよく知っていた。

いじめが始まる前日まで、いや、いじめが始まったあとも臨はしばしば、こんなふうに優しく微笑んだのだから。

（なぜ臨は、突然俺をいじめ始めたんだ？　それとも、冷酷な加害者が本当の顔で、それまでの友達ごっこが演技だったのか？）

臨の真意を探ろうと、アーサーは話しかけた。

「小型犬の相手をした経験はないので、困っている。伯母にはペットホテルに預けるよう言ったが、一度ドッグランで他の犬にいじめられたとかで、断られたんだ。ペットホテルで他の犬と一緒に扱われるのは、マロンが怖がるからいやだと言われた。しかし公園へ散

歩に連れていったら、よその犬に会ったりもするだろう？　そういう場合、ちゃんと対応してくれるのか？」

「大丈夫ですよ。散歩中は気を配って、他のワンちゃんと接近しないようにします。ご安心ください。それに、マロンちゃんが特殊だというわけではありません。犬同士より人間の方が好きだというワンちゃんは、たくさんいます」

「一度いじめられた犬は、ずっとそうなってしまうものなのかな。よその犬にいじめられたのは、マロンに問題があったのか、それともいじめた側の犬が攻撃的すぎるのか……シッターとして、どう思う？」

何気ないふうを装って問いかけながらもアーサーは、どんな反応も見逃すまいと臨の顔をひそかに観察した。臨が過去にしたいじめについて、どう考えているかに話題を持っていきたかったのだ。自分が亜佐斗だと気づかれる可能性はあるが、その場合、臨がどう反応するかも知りたかった。

「どちらに問題があるということではなく、相性でしょう」

臨はにっこり笑って、無難な答えを返してくる。そんなことが聞きたいわけではない。少し話を作って、反応を探ることにした。

「しかし伯母の話では、マロンは大抵の犬から攻撃されるらしい。犬としての欠点があるんじゃないのかな。もしそうなら、何か改善する方法を探したい。ほら、人間でも敵意を向けられやすいというか、いじめられるタイプがいるだろう？　そういう者には、事態を改善するためにカウンセリングをしたり、いじめる側と何度も話し合ったりする。そのぐらいのことは君も知っているんじゃないか？」

「さあ……僕は犬のことばかりで、人間のカウンセリングとかは詳しくないので」

臨は営業用の笑みを浮かべて、ごまかす台詞《せりふ》を吐《は》いた。もう少し踏み込んで追及することにした。臨が過去のいじめをどう思っているのか、白状させたい。そのためなら嘘でも芝居でもやってみせる。

「そうか。自分は昔、軽くいじめられたことがあるので、マロンのことが気になるんだ」

「いじめられた？　ファーガソンさんがですか？」

「ハイスクールにいた頃に……テストでいい点を取ったのがきっかけで。一ヶ月ほどで終わったし、怪我《けが》をさせられるようなことはなかった。だが一方的に多数から悪口を言われたり、無視されたりするのはいやな気分だったな。……君はいじめの経験はないのか？　自分が直接関わったのでなくても、見聞きしたとか」

「……」

臨の返事が一瞬遅れた。営業用の笑みがこわばったと感じたのは、気のせいか。

(白状するか？　『自分は昔、クラスメートをいじめました』と……)

かすかな期待を抱いたけれど、そんなことがあるはずはなかった。困ったような微笑を浮かべ、臨は言った。

「お気の毒でしたね。そんな理由でいじめられたなんて、本当にひどい話です。幸運なことに僕のまわりではいじめがなかったので、加害者がどういうつもりかは、理解できませんが、残酷《ざんこく》で哀しいことだと思います」

「……まったくだ」

臨が、『一匹飼いの犬の場合は、他の犬と会わないようにするだけでいい。ストレスを与えてはかえってよくない』と力説していたが、そんな話はもうどうでもよかった。

アーサーは心の中で、『有罪』と呟いた。

(白状するわけがないか。こいつは俺が、昔いじめた亜佐斗だなんて気づいていないんだから。だがこれで、完全に有罪と決まった)

初対面の、無関係な相手にも過去の罪を告白するほどに、臨が過去を悔《く》いているならば、許して忘れようと考えていた。しかし、違った。臨には後悔も反省もない。かつて自分がしたことを忘れ去っているのか、それともあれは、いじめというほどでもない、悪ふざけレベルのことだったとでもいうのだろうか。

(俺にあれだけのことをしておいて……)

落書きされた教科書やノート、便器に突っ込まれた体操服や上履《うわば》き、自分の顔面ばかりが狙われるドッジボール——いやな思い出が心の奥底から次々と湧き上がってきて、顔が歪みそうになるのを、懸命にこらえた。

心の中では、復讐の決意を固めている。かつて自分がされたことに、利子を付けて返さなければならない。

何も気づかない臨が、笑顔で書類を示した。

「あとは日付の書き込みと、ここにサインが必要です。書類確認のあと、マロンちゃんを散歩に連れていきますね」

その日、臨はトイプードルを一時間散歩させ、帰ってきたあとはブラッシングをし、小型犬と遊ぶ時やフードを与える時の注意点を教えてくれた。犬も臨になついたようだ。

ペットシッターとしての技量は確かだった。

アーサーはこの先二週間、臨に来てもらう形で契約を結んだ。

それだけの期間で復讐を終わらせるつもりはないが、とっかかりを作るだけならこの日数で充分だ。弱みを握っておけば、ペットシッターとしての契約が終わっても関係ない。

臨を自由に操ることができる。

臨が帰ったあと、アーサーはすぐに調査会社を探して依頼した。

規定料金の十倍という報酬《ほうしゅう》が効いたのか、わずか四日で期待した以上の成果を上げてくれた。

臨の家は旧家で、昔は旦那衆《だんなしゅう》と呼ばれるレベルの裕福な家だったらしい。だが先代か、その前の代が浪費家だったとかで、屋敷こそ大きいが内実はそれほどでもないと、近所の大人達が噂をしていた。そのあたりはアーサーも覚えている。

報告書によると、アーサーが離日したあとで臨の両親は離婚した。母親の浮気が原因だったために、臨は父と暮らすことになった。しかしその後まもなく臨の父親は投資に失敗して、屋敷と土地までも失い、臨を連れて故郷を離れた。そして臨の高校入学直後に、風呂で脳梗塞《のうこうそく》になり、溺死《できし》したという。

臨はアルバイトと奨学金で高校を卒業したあと、ペットホテルの従業員として働きながら、通信教育で愛玩動物飼養管理士の資格を取り、現在はシッターとして働いている。

(小学校の時も飼育係で、鶏《にわとり》や兎《うさぎ》の世話を丁寧《ていねい》にしていたな。あの頃は獣医になりたいと言っていたが、経済的事情で諦めたか)

シッターとしての評判はいい。臨を指名して、世話を依頼する固定客もついているという。職場でも『控えめでおとなしく、仕事ぶりは真面目《まじめ》。自分からは冗談を言わないが、皆にうまく合わせて、場をしらけさせることはしない』として、同僚から好感を持たれているようだ。

ただ、誰とでも無難に付き合っているものの、恋人や、特に親しい友人はおらず、休日は部屋で過ごすか、一人で街へ出かけ、猫カフェやミニ水族館へ行くのが習慣らしいとの報告だった。調査日数が少ないため、報告内容に伝聞や推定が多いのは致し方ない。

(借金なし、病院への通院もなし、おかしな人間との交友関係も今のところ見当たらない……特に弱みになりそうなものはないな)

調査はいったん終了にした。これ以上続けて、臨に『誰かが自分のことを嗅《か》ぎ回っている』と悟られたくはなかった。

(臨に弱みがないのなら、作ればいいんだ)

アーサーが行動を起こしたのは、報告書を受け取った翌日だ。

下準備として、この日の散歩はいつもより長く行ってもらうことになると、伝えてあった。マンションの内装を変えるために、インテリアデザイナーを呼ぶという口実だ。でたらめもいいところだが、それなりの目的があっての嘘だった。

「今日呼んだ客は、犬アレルギーがあるそうだ。打ち合わせが終わるまで三時間ぐらいだと思うが、その間、マロンを外へ連れ出しておいてくれないか。客が帰ったら連絡する。もちろん延長になった分の追加料金は払う。拘束時間が長い分だけ疲れるだろうし、割り増ししよう」

「いえ、そんなことまでは」

遠慮する臨にアーサーは、サイフォンでコーヒーを淹《い》れながら答えた。

「これはビジネスだ。労働に対して正当な報酬を支払うのは当然のことだ。君は今までよく世話をしてくれているから、安心して犬を預けられる。信頼性に対する分も報酬に含まれているんだから、無駄な遠慮はしないでくれ」

「ビジネス……なんだか、すごくアメリカ的な感じですね」

「そうなんだ。日本風の口約束だけでは、落ち着かない。アメリカでは、曖昧《あいまい》な契約内容のために損害賠償訴訟が起きるのが当たり前だからな。契約書を見て、サインしてもらいたい」

テーブルに置いてある自作の契約書を指し示した。依頼主の希望にはできるだけ添うべきだと考えたのだろう。臨は素直にソファへ腰を下ろし、書類を読み始めた。

「どうぞ。今、淹れたばかりだ」

「ありがとうございます。いい匂いですね」

この書類にサインさせること自体に、大して意味はない。目的の一つは、臨に、依頼者が契約を重視するアメリカ人だと印象づけることだ。そしてもう一つは自然な形で、臨にコーヒーを飲ませることだった。

いつものように、来るなり犬を連れて散歩に出発となると、一服盛る隙《すき》がない。飲み物を出す状況を作るため、『犬アレルギーの客が来る』という嘘をついて、契約書へのサインにまで持ち込んだのだ。

　臨がカップを手に取り口をつける様子を、アーサーはじっと見守った。

「……それでは、マロンちゃんをお散歩させてきますね」

「いつもより時間が長いが、よろしく頼む」

　何食わぬ顔で臨と犬を送り出したあと、アーサーは急いで服を着替えた。万一姿を見られても自分だとはわからないように、サイケな色合いのブルゾンにダメージデニムという、普段とはまったく傾向の違う服装だ。顔にはサングラスをかけ、野球帽タイプのキャップを目深にかぶった。鏡に映った自分は、普段のイメージとはまったく違う。これなら臨が見ても、気づかないだろう。

　部屋を出て駐車場へ下りて乗り込んだのは、いつものセダンではなく、前もって借りておいたワゴン車だ。

　臨が犬を散歩させるコースは把握しているし、伯母は犬が迷子になった時のため体内にマイクロチップを仕込んでいるので、ＧＰＳで居場所を追跡できる。

　ここを出ていった時には、臨の足取りにふらつきはなかったが、三十分もすればコーヒーに溶かした睡眠薬が効いてくるはずだ。レイプの濡れ衣に悩んだ頃、不眠症になって処方してもらった薬の残りだった。臨は自分より一回り体が小さいから、もっと早いかも知れない。眠気がピークに達するのは、近くにある自然公園を散歩している途中だろう。

臨が眠り込んだら、犬を回収するつもりだった。今回使った睡眠薬は効き目が切れるのが早い。もたもたしてはいられない。

（まずは、『解剖』の礼をしなければな。利息付きで）

十三年前を思い出す。

――いじめが始まって、最初のうちはクラス全員からの無視や教科書の落書きぐらいだったから、『明日にはおさまるんじゃないか』『みんな悪ふざけしてるだけで、そのうちやめてくれるんじゃないか』と期待していた。

それが幻想に過ぎないと思い知らされたのは、ある日の放課後、『解剖』を受けた時だ。理科室の大きな実験用机に、男子六人がかりで押さえつけられ、服を脱がされた。下着も何もかもだ。クラスのほぼ全員、女子もいる前で晒《さら》し者になった。

『あ、もう生《は》えてる』

『身長はオレらとほとんど変わらないけど、やっぱ年上なんだな』

『体つきと一緒でオチンチンもひょろひょろ。あたしの弟の方が大きいかもね』

『ハーフだからどこか違うかと思ったけど、形は一緒かぁ』

やめて、いやだと言いながら涙をこぼしたら、『年上のくせに泣いてる』と馬鹿にされ、ますます嘲笑された。

臨は、自分を押さえつけたり嘲笑《わら》ったりはしなかった。泣く自分の頭のすぐそばに立って、耳元に口を寄せ、笑いを含んだ声で囁《ささや》いてきただけだ。

『何をそんなに真剣にいやがってるの？　空気読めない？　大声なんか出さないよね。こんなの、ただの冗談じゃないか。なのに泣いたりして、先生が来たらいじめと間違われる。困るよ。わかる？　亜佐斗が空気を読まないせいで、みんなが困るんだよ』

『そ、そんな……っ』

『僕を困らせるの？　トモダチじゃなかったっけ、僕ら』

綺麗なのに冷たい眼差しに射すくめられて、何も言えなくなった。今ならわかる。自分は臨に気圧《けお》されていたのだ。トモダチという、強くアクセントを置いた言い方に惑わされ、我慢できない自分がおかしいような気にさせられた。

あの時の自分の気持ちを、臨も味わえばいい。

恥辱《ちじょく》に身悶えしつつ、外部に助けを求めることはできず、嬲られ、笑われるだけの状況を臨にも与えてやりたい。明日何が起こるのかと思うと、不安で眠れず、それでいて周囲に相談もできない――かつての自分と同じ状況に陥《おちい》ればいい。

（目が覚めたら……お楽しみの始まりだぞ、臨）

2

「う、ぅ……」

鈍い頭痛に、臨は呻いた。

スマートホンのアラームが鳴っている。臨は懸命に、まぶたを開けようとした。

（もう十五分たったのか、早く起きなくちゃ……いつまでもここにいたら、マロンちゃんが退屈してしまう……早く……）

まぶたが重くて開かない。臨は目をつぶったまま、リードを絡めてある右手首を引いた。

――なんの抵抗もなかった。それどころか、リードの感触もないし、犬の声も息遣いも聞こえない。

驚いて跳ね起きた。

「えっ……えぇっ！　マロンちゃん⁉」

周囲を見回したけれど、トイプードルの姿は見当たらなかった。どこへ消えたのだろうか。心臓がばくばくと音をたてて搏動《はくどう》し、頭の芯が冷たくなる。

（お、落ち着け。何がどうなった、僕はどうしたんだ？）

トイプードルの名を繰り返し呼びながら、臨は記憶を整理した。

散歩中に公園に入ったあたりから、どうしようもなく眠くなった。理由はわからない。風邪薬《かぜ》も何も飲んではいないし、夜更《よふ》かしした覚えもない。けれども眠くて、まぶたが開かなくなってきて、どうかすると膝《ひざ》が崩れそうだった。

このままでは道端で眠り込んでしまうかも知れないと思い、短時間だけ休もうと木陰のベンチに腰を下ろした。犬のリードを手首に絡めたが、それだけでは不安だったので、自然にゆるんでしまわないよう、上からハンカチでくくった。犬に『待て』と言い、スマートホンのアラームを十五分後にセットして——そのあとは記憶がない。きっと眠り込んでしまったのだろう。

だが目を覚ました今、マロンは消えている。

リードが外れないよう手首にくくったハンカチは、ほどけて地面に落ちていた。

(変だ。あれだけ固く結んだんだ。自然にほどけるはずはないのに)

犬がそれほどの力で自分の手を引っ張ったのなら、きっと目が覚める。犬でないなら人間の仕業《しわざ》か。

(誰かが、僕が眠っている間にハンカチをほどいてマロンちゃんを連れ去った?)

そこまで考えた時、パーカーのポケットで着信メロディーが鳴り始めた。非通知だ。

(ファーガソンさんかな?　あの人の番号は登録してあったと思うけど……マロンちゃんが見つかって、あっちに連絡がいった?)

混乱したまま、臨は電話に出た。

「も、もしもし？」

『よくないな、犬から目を離すのは。誰かに盗まれるかも知れない』

「犬って……マロンちゃんはどこです！　あなたが連れていったんですか!?」

体温が二度くらい下がった気がした。誘拐を示唆《しさ》する言葉と、ボイスチェンジャーを通した機械的な音声が臨の不安を煽る。

『マロンというのか。あまり吠えない、いい犬だ。騒ぐようなら、力ずくでも黙らせなければならないところだった』

やはりトイプードルは勝手に逃げたのではなかった。電話の相手に連れ去られたのだ。すぐ近くに犯人がいそうな気がして、臨は慌てて周囲を見回した。だが見える範囲にいるのは、子供を遊ばせている母親や、のんびりと散歩中の老人などで、電話をしている者はいない。

(犬を黙らせるって……何をする気なんだ)

子供の頃に飼っていた、愛犬の死を思い出す。マロンと同じ、トイプードルだった。悲痛な声、痙攣《けいれん》する小さな体、光を失っていく瞳――今も忘れられない。あんな思いは二度としたくない。臨は必死に懇願《こんがん》した。

「やめてください。お預かりした子なんです。ほんとに賢くて、飼い主さんにも大事にされていて……返してください。どこへ連れていったんですか」

『預かったのか。誰からだ、知り合いか？』

「違います、僕はペットシッターで……」

『シッターのくせに、犬を放置して寝ていたのか。責任感のない奴だ』

間延びした平坦な話し方が、逆に不安を煽る。

「そ、それは……謝ります、僕が悪かったんです。でもそれはマロンちゃんには関係ないことでしょう？　返してください。……もしもし？　もしもし！」

唐突に通話を切られた。うろたえていたら、ラインで画像が送られてきた。

マロンの画像だった。背景にはアスファルトが映っているだけで、居場所の手がかりにはならない。だが今日散歩に連れ出した時のドッグウェアを着て、リボン飾りをつけている。自分のもとから連れ去ったあとで撮ったものに違いない。

すぐにまた電話がかかってきた。さっきと同じ、ボイスチェンジャーを通した声だ。

『納得したか？　犬はこっちで預かっている。返してほしければ……そうだな、百万円払え。犬だけじゃなく、ペットシッターとしての信用をなくすかどうかがかかっているんだ。安いものだろう』

「そんな……そんなお金ありません、無理です！」

自分には頼れる親も親戚も、金を貸してくれる友達もいない。

『だったら飼い主に泣きつけばいい。犬の身代金だ。お前が交渉しろ』

「む、無理、です……」

臨は唇を噛んだ。今日、普段と違う散歩の形態になっただけで、ファーガソン氏は契約書にサインを求めてきた。臨が管理している間にマロンが誘拐されたとなったら、アメリカ流のやり方で、高額な損害賠償を請求してくるだろう。

（それにマロンちゃんは、ファーガソンさんの犬じゃない。伯母さんの犬だ。あの傲慢そうな人が百万も払うだろうか……）

シッターとして、散歩やブラッシングを任されているだけの間柄だけれど、二日三日も世話をすれば情が移る。

親類の旅行中、世話を任されたというファーガソン氏は、犬嫌いとまではいかないにせよ、取り立ててあの犬を可愛がっている様子はない。マロンは賢い犬だから、彼にまとわりつけば疎まれると察して、我慢していたらしく、その反動のように自分によくなついてくれた。もともといい犬だと思ったけれど、なつかれれば一層可愛くなる。

それだけではない。小学生の頃に飼っていたトイプードルのマル――名前までよく似ている――に、マロンはそっくりだ。

マルが、あの頃の自分にとってどれほど大事な存在だったことか。両親よりもずっと近しく、兄弟同然に感じていた。いやなことがあった時も、つぶらな黒い瞳で見つめられ、

頬を舌で舐《な》めてもらうと、心が落ち着いた。ふわふわの毛皮の感触は、優しく自分を癒《い》やしてくれた。それなのに、

（僕は、助けられなかった……死なせてしまった）

泡を吹き、体をひくひく痙攣させるマルを、ただ見ていただけだった。だから今回は――マルによく似ているマロンは、どうにかして助けたい。

「お願いです。罪もない犬を傷つけるような、ひどい真似はしないでください。僕にできることならなんでもします」

心からの懇願を繰り返すと、根負けしたのか、男が要求内容を変えた。

『そこまで言うなら、別のやり方にしよう。地下鉄へ向かえ。市民病院前駅だ』

「そのあとは……」

『イヤホンはウェストポーチに入っていたな？　また連絡する』

一方的に命じて、脅迫者は通話を切ってしまった。

臨はスマートホンを手にしたまま立ちすくんだ。なぜ脅迫者は、自分がイヤホンを持っていることを知っていたのだろう。眠りこけている間に、ウェストポーチの中を調べられたのだろうか。きっとそうだ。だからこそ脅迫者は、電話番号やラインのアカウントを知っていたのだ。

（ウェストポーチに触られても気がつかないくらい、眠っちゃってたのか……こんなに深

く、それも急に眠るなんて変だ）

おかしいとは思うけれど、今は眠った理由を考えるより、誘拐されたトイプードルを無事に取り戻すことの方が重要だ。ポーチに入れていた財布や家の鍵は無事だった。スマートホンの情報だけを抜いていったらしい。それがかえって気味悪さを煽る。

（お金を要求してきたのに、財布の中身には手を付けないなんて変だ。なぜマロンちゃんを連れ去ったんだ？　猟奇趣味の犯罪者ってことはないよな？）

考えてもわからない。

どこかで自分の様子を監視しているのか、駅へ着いた頃合いを見計らったかのように、ラインで指示が送られてきた。何時何分の準急行、五両目の一番後ろのドアから乗り込めという内容だ。

（どこかから、僕を見てるんだろうけど……どこだ？）

周囲を見回したら、着信があった。ラインで、『普通にしていろ。まわりを見るな』という叱責《しっせき》だ。やはり監視されている。

（携帯電話やスマホを手に持ってるのが、犯人だ。……だめか、多すぎる）

今時、電車を待つ間に何もしていない人の方が少ない。制服の高校生からラフな服装の青年、スーツにビジネスバッグの中年男性や、白髪の老人まで、大抵の人がスマートホンを操作している。犯人捜しを諦め、臨はおとなしく前を向いて電車を待った。

やがて電車が入ってきて停まった。人がばらばらと降りたあと、その数よりはるかに多い乗客が、電車に乗り込む。

列の前の方にいた臨は、後ろからの人並みに押される形で車内に入った。午後四時少し前なのに、ラッシュアワー並みの混み方だ。人の波に押し流され、座るどころか、吊革をつかむこともできなかった。

反対側のドア近くまで押し込まれた。

(なぜこの時間帯で、こんなに混んでるんだ？　今日はイベントでもあったのか？　どこまで乗らなきゃいけないんだろう。そういえばまだ、降りる駅を指示されてない)

イヤホンを持っているかと脅迫者に訊かれたのを思い出した。電話で指示を送ってくるつもりかも知れない。混雑の中で苦労して、臨はイヤホンを出して装着した。他の人の邪魔になるので、ウェストポーチは腰から外して手に提げる。スマートホンの操作はできるけれど、知らない他人とどうしても体が当たる。電車が揺れると密着してしまう。

不快さから意識を逸らせようとして、臨は脅迫者のことに考えを巡らせた。

(いったい何が目的なんだろう……)

最初は、金銭目当てで犬を連れ去ったのかと思った。人間を誘拐した場合と違って、犬の連れ去りは微罪にしかならない。しかし散歩させている自分の服装を見れば、大して裕福でないことはすぐわかるはずだ。百万円など用意できるわけがない。

（いろいろ、腑《ふ》に落ちない。急にものすごく眠くなったことも変だ。昨日夜更かししたわけでもないのに、まるで薬でも飲まされたみたいに……まさか？）

ファーガソン氏が勧めてきた、苦くて濃いコーヒーが脳裏《のうり》をよぎる。しかし彼にマロンを攫《さら》う理由はないはずだ。わからない。

考えていた時、着信音が鳴った。ラインだ。

「……っ！」

慌ててスマートホンを出してチェックした。

『イヤホンを片方だけ耳に差し込み、片耳はフリーにして、外の音を聞けるようにしておけ。電話で指示を送る。返事はしなくていい。お前が素直に従うかどうかをチェックするためだから、何があっても騒ぐな』

どういう意味だろう。これから自分の身に何が起こるというのか。

不安だけれど、指示には逆らえない。下手な真似をして、拉致《らち》されたマロンの身に何かあったらと思うと、怖くて背筋が寒くなる。だがその時、

「……？」

妙な感触によって、回想は中断された。誰かの手が自分の尻に当たっていた。

ラッシュのせいかと思ったが、電車がどんなに揺れても手は自分の尻から離れない。執《しっ》拗《よう》に張り付き、撫で回す。

（くそっ、こんな時に……）

臨は顔をしかめた。

痴漢に遭うのは初めてではない。高校生になって電車通学を始めて以来、時々触られた。電車に限らず、上級生に迫られたり、夜の繁華街で知らない男にホテルへ誘われたりしたこともあった。男に欲情する男が意外に多いことは、すでに知っている。

その意味では驚かなかったけれど、脅迫者に対応しなければならない時に、痴漢が湧いてきたことには苛《いら》ついた。

（こっちはマロンちゃんを取り戻すのに必死なんだぞ。気が散るからよせ）

無言で痴漢の手を払いのけた。けれどその手はまた戻ってきて、デニムパンツの上から臨の腿《もも》や尻を撫で回した。二度三度と払っても、懲《こ》りない。尻の形を確かめるかのように手を動かし、尻から腿の隙間にまで入り込もうとする。しつこい奴だと腹を立てて、また払いのけようとしたら、手首をつかまれた。

「……っ!?」

痴漢にしては大胆すぎるやり方に、驚いて振り向いた。脂ぎった中年かと思っていたら、耳だけでなく鼻や唇にまでピアスをつけ、ニットキャップをかぶった、二十代後半くらいの男だ。にたりと笑い、臨の耳元へ顔を寄せて囁いてくる。

「リアルなプレイ希望って書いてあったけど、もう抵抗するふりはいいだろ。時間が限られてるんだし、ちゃんと触らせろよ」

「プレイ……？」

　意味がわからず問い返した時、また腿に手が触れた。ニット帽の男とは反対の方向からだった。

（なっ……一人じゃなかったのか!?）

　別の手が伸びてきて、反対側の腕もつかまれた。

「よせ、何を……うぐっ！」

　大きな掌で口を塞《ふさ》がれる。いつのまにか複数の痴漢に囲まれていたらしい。服装も年代もまちまちの男達が、自分を取り巻き押さえつける。

「リアルなのが希望ったって、声を出すのはルール違反だよなあ」

「いやいや、こういう反応がコーフンするんじゃん。あんまり美人だから、絶対あの画像は修整しまくりだろって思ってたけど、マジ可愛い。なんでわざわざネットで相手募集すんの、カレシいねぇの？」

「動画撮っていい？　いいですよね？　ダメって書いてなかったですもんね？」

　両腕をつかまれ、声を封じられたまま、臨は考えを巡らせた。『プレイ』『ネット』『相手募集』という言葉からすると彼らは、臨が痴漢プレイを楽しむ相手をインターネットで募集したと思っているのだ。

（人違い……いや、そうじゃない。僕のふりをしてネットに書き込んだ人間がいるんだ）

マロンを連れ去った犯人に違いない。『何があっても騒ぐな』という言葉の意味が理解できた。

（僕が何をされても、命令どおりにするかどうかを確かめるためか？　それにしたって、痴漢だなんて）

——考えていたのは、時間にすればほんの二、三十秒だっただろう。しかしそのわずかな間に、臨はのっぴきならない状況に置かれていた。

「ん、んぅっ……う……」

口は大きな掌に塞がれたまま、左右の腕をそれぞれ違う男にとらえられていた。右手は男の股間《こかん》に押しつけられ、左手は指を一本ずつしゃぶられている。ぬるぬるした唾液の感触が気持ち悪い。気持ち悪い——はずだ。

なのに、見知らぬ男に指の股をしゃぶられて、胸の鼓動は激しくなり、息が荒くなる。

「ふ、ぅっ……ん、ん……」

首を何度も左右に振った。だがその拒否の仕草は、余計に痴漢達を煽ったらしい。

「エロい喘ぎ方するなあ。もっとよくしてあげようね」

「これ、邪魔だよな」

パーカーが大きくはだけられた。Tシャツがまくり上げられ、両方の乳首がむき出しになる。

「うぅ……っ」

「やらしいなあ。公共交通機関の中で、オッパイさらけ出してさ。大勢に見られてるんだぜ、恥ずかしくねーの？」

臨が自分から脱いで肌を見せたわけではない。痴漢に脱がされたのだ。それでも、辱《はずかし》めの言葉を投げかけられ、頬が燃えるように熱くなった。

背後から伸びてきた手が左右の乳首をつまむ。指先に力を入れたり、放してはじいたり、一転して優しく撫でたり、こねるように揉んだり、緩急をつけて責めてくる。くりくりとこねられて、乳首はあっさり勃《た》ち上がった。

「はぅ……っ」

喘ぎ声が漏れた。臨が感じたことに気をよくしたのか、自分を取り囲む痴漢達が薄笑いを浮かべる。周囲の温度が上がった気がしたのは、彼らが興奮しているからだろうか。

「ぁ、ん……やぁ、そこ……」

硬くふくらんだ乳首をこねられると、快感が胸から心臓へ直接伝わり、全身を熱く痺《しび》れさせる。耳や脇を嬲る手の動きが、快感を増幅した。

「気持ちいい？　感じる？」

「イイ気持ちになりたくて募集かけたんだもんな。ここはどうだ？」

脇腹を撫でられる。耳たぶに生温かく濡れたものが触れた。見知らぬ男に耳をしゃぶられ、甘噛みされている。前にいる男が、デニムパンツの上から臨の股間をつかんだ。

「……っ！」

「いやらしいなぁ。もうビンビンじゃないか」

否定できない。乳首や脇、耳からうなじを嬲られる間に、肉茎が熱を帯びている。

「ズボンの前が突っ張って痛そうだぜ。きついんだろ、脱がしてやるよ」

「んっ!? ん、ふぅっ！」

「遠慮するなって。ほら、ビンビンじゃん」

痴漢達は巧みな連携で、臨の服を剝《は》ぎ取りにかかった。前の男がベルトとデニムパンツの前ボタンを外し、ファスナーを開ける。ほぼ同時に、後ろの男がデニムパンツを腿の半ばまで引き下ろした。

「可愛いねえ、ほっぺた真っ赤じゃん。はい、大事なとこをお披露目《ひろめ》～」

ボクサーショーツも下ろされて、肉茎や尻に空気が触れる。体が震えた。

何本もの手が臨の下半身を探り始めた。肉茎を握られ、内腿に爪を立てられ、尻肉をつかまれる。誰かに肩を押されて上体を倒されたうえ、双丘を広げられた。複数の視線が後孔に突き刺さってきた。視姦《しかん》されていると思うと、鼓動が速まり、心臓が破れそうだ。

「おっ、ピンク色」

「ひくひくしてんじゃん。締まりよさそうだな」

この痴漢達の中に、犬を連れ去って自分を脅迫してきた犯人も交じっているのだろうか。

視線を巡らせたけれど、わからない。

（交じっていないにしても、きっと見てる。僕の様子を観察してるはずだ）

何があっても騒ぐな、という脅しが脳裏をよぎる。

抵抗してはならない。マロンが犯人の手の内にあるのだ。自分のせいで、マルにそっくりな犬が殺されるのは、絶対にいやだ。

（……もう、いい……どうでもいい）

臨は体の力を抜いた。触られる程度のことでいちいち騒ぐ必要はない。

抵抗しないと知って、痴漢達の行動が大胆になった。スマートホンを持った手を突き出し、喘ぐ顔やむき出しの下腹を撮影してくる。

「ここも記念撮影っ、と……」

双丘の肉を左右に広げられた。

「やぁ……っ」

「自分のここ、見たことある？　ほら、こんなエロいの」

痴漢の一人が差し出してきたスマートホンの画面には、見知らぬ男の手で広げられた左右の尻肉と、谷間の奥でひくひく震える後孔が映っている。

「あ、ぁあ……」

わななく声がこぼれたのは、羞恥《しゅうち》のせいではない。一人が臨を言葉責めしている間も、痴漢達は臨の尻肉を揉みしだいたり、肉茎をしごいたり、乳首をこねたりしている。誰かが後孔の中心に指の腹を当て、くりくりと動かしてきた。

「やめっ……ん、ぅうっ！」

くすぐったくて、気持ちよくて、背筋がざわついて、思わず下半身の筋肉に力が入る。痴漢の手を双丘の肉で挟む格好になった。

「締め付けるのは、挿《い》れたあとにしてくれよ」

「!?」

この痴漢は、本気なのか。公共交通機関の中で、それも知らない大勢の男達に見られながら挿入されるなど、考えただけでも体がほてり、動悸《どうき》が激しくなる。

「だ、だめだっ！　そんなの……!!」

かすれた声で喘ぎ、首を横に振った。

「わかったよ、本番ナシの約束だもんな。でも穴に挿れなきゃいいんだろ？」

後ろの男が囁き、むき出しになった尻に体を押しつけてくる。双丘の谷間に、不快な熱を持った硬いものが当たるのを感じ、臨の体がこわばった。

「やっ、そこは……!!」

「挿れないって。ここを使うんだ」

男がねじ込んできたのは、後孔ではなく腿の間だった。牡が内腿の軟らかい肉をこすり、先端で袋をつつく。

「……っ！」

思いがけない刺激に、臨の体が伸び上がった。

「ふ、ぁっ……う……だめだ、それっ、だめ……!!」

敏感な内腿をこすられるのも効くが、それ以上に、袋を後ろから押したり突いたりされるのがこたえた。背後の痴漢は、男同士での素股に慣れているらしい。小刻みに腰を揺すり、これ以上強く押されれば苦痛になるという、その一歩手前の絶妙な力加減で、臨の袋をつついてくる。

（こんな……こんなやり方で、感じるなんて……）

性経験はあるけれど、素股は初めてだ。すでに熱を帯びていた臨の肉茎は、完全にそそり立った。

「や、ぁっ、あ……ふ、ぅん……っ」

全身を弄ばれ、どれほど喘ぎ続けただろうか。

「うっ……出る!!」

背後から素股で臨を責めていた男が、低く呻いて腰を押しつけてきた。

「……っ!?」

先走りとは違う、粘度の濃い液体が内腿と袋の後ろ側を濡らし、どろりと垂れ落ちる。青臭い匂いが立ちのぼり、臨の鼻腔《びこう》を刺した。射精され、精液を肌にかけられたのだ。

「あ……はぁ……」

背筋がざわっとして、体が痙攣するように震える。

その動きが痴漢達を刺激したのだろうか。今度は左手に熱い液がかかった。斜め前に立って、むき出しになった臨の腰に牡を擦りつけていた痴漢も、ほとばしらせた。

むせかえるような牡のにおいに包まれ、頭がくらくらする。

（服……汚れちゃった、かな……）

精液まみれにされて、電車を降りたあとどうすればいいのだろう。いや、そもそも自分はなぜ電車に乗って、痴漢に取り巻かれているのか。快感に意識が濁《にご》ってしまって、思い出せない。

臨の肉茎をしごいている痴漢が、面白がるように笑った。

「もっとよくしてやるよ、ほら」

「やっ……そ、それ、だめっ……く、ぁう！」

先端を包み込むように握られ、指を動かされた。指先に鰓《えら》の裏をこすられて腰が震える。先端の小穴に爪を立てられ、臨はのけぞった。

「……くぅうっ！」

腰に溜まった熱が、液体に形を変えてほとばしり出た。男の手が、一滴残らず絞り出そうとするかのように、なおも肉茎をしごく。白い塊《かたまり》がどろりとあふれ出た。

「あっ、ぁ、あ……」

射精の余韻《よいん》に腰が震え、足の力が抜ける。男達の手につかまえられていなければ、へたり込んでいただろう。

「気持ちいい？　よくないわけないよな」

「いっぱい出たねえ」

痴漢の一人が、臨の放った精液を指先に付けて、臨の目の前に差し出した。卑猥《ひわい》に笑いながら、「ほら、舐めて」と、白濁を臨の唇にこすりつけてくる。催眠にでもかけられたようで、拒否する意思が湧き上がらない。命じられるままに、自分の精液を舐めた。

「美味《おい》しい？」

「ん、ん……苦い……」

「うっわぁ、エロい顔。たまんねえ。……なあ、挿れていいだろ？」

「……っ……」

拒否するはずが、言葉が出てこなかった。同時に何本もの手に嬲られる屈辱と、公共交通機関で卑猥な真似をしているという背徳感が、快感を増幅し、理性を押しつぶす。感じるのを止められない。

　止めたのは他の痴漢だ。

「勝手な真似をするなよ。本番はナシのはずだったろ」

「でも、こんなに感じてよがってるんだぜ。挿れてほしいんじゃねえの？　なあ、挿れてほしいよな？」

　笑いを含んだ声と同時に、後孔を指先でくすぐるように撫でられた。小襞《こひだ》の中心をきゅっと押され、臨は喘いだ。口の端から唾液がこぼれるのを感じたけれど、止められない。今の自分は、さぞだらしない顔をしているに違いない。

　全身が快感を欲している。唇が意思を無視して勝手に動き、ねだる言葉を紡《つむ》ぐ。

「い……挿、れ……」

　その瞬間、パーカーのポケットから着信メロディーが鳴り響いた。

　臨も驚いたが、周囲の痴漢達もびくっとして動きを止め、臨から手を離した。半裸の臨の姿は、痴漢達に囲まれて無関係な乗客には見えないはずだけれど、執拗に鳴り響く音は車両全体に聞こえているはずだ。

（ずっと通話状態だったはずだけど……向こうで一度切って、またかけてきた？）

　臨は慌てて、ポケットの中のスマートホンを操作した。耳に入れていたイヤホンから、抑揚《よくよう》のない機械的な声が聞こえてきた。

『本番はなしだ。今回はダメ、もし条件どおりにすればまたこういう集まりをやるから、今回は我慢しろと言え』

やはり脅迫者は同じ車両の中で、自分の様子を観察しているらしい。着信メロディーを響かせたのは、暴走しそうな痴漢達を牽制《けんせい》するためだろう。打ち込んだ文章が音声になるアプリを使えば、車内で声を響かせて目立つこともない。

周囲の痴漢達にだけ聞こえる程度の小声で、臨は電話で教えられた台詞を言った。『今回、挿入なしの条件を守れば、また次がある』という言葉は、痴漢達の心をくすぐったらしい。「仕方ないな」「本番なしでもいいか。でも手コキは頼むぜ」などと囁いてきたあと、また臨の体を弄び始めた。だが後孔に触れてくる者はいない。

やがて電車が、指定された駅に着いた。

消耗《しょうもう》しきった臨は、揺れに耐えて立っているのがやっとだった。服を直す気力もない臨の体を支え、手早く服を直してくれたのは痴漢達だ。意外に紳士的だった。

「サンキュ、よかったよ」

「また例の掲示板にヨロシク。その時は本番アリで頼む」

「顔、拭《ふ》く？　これやるわ」

ポケットサイズのウェットティッシュをくれた者までいた。皆、合意の上の痴漢プレイだと、信じ込んでいるらしい。プラットフォームへ出て、ミントの香り付きのウェットティッシュで顔や手を拭くと、霞《かす》んでいた意識が、少しすっきりした。

（そうだ、僕はマルを……違う、マルじゃない。マロンちゃんを助けるために、電車に乗ったんだった。それで、あんなことに……）

肌に粘《ねば》りついた精液の感触が気持ち悪いけれど、ざっと服を見た分には、目立つ汚れはないようだ。

脅迫者は、臨が命令に従うかどうかを確かめるためと言っていた。ならばまだ何か指示がくるはずだ。どこかで自分を監視しているのだろうかと思って周囲を見回したら、電話がかかってきた。

『駅前のロータリーに、白のワゴン車が停まっているのが見えるはずだ。ドアを開けてやるから、乗ってこい』

例によって一方的な指示だけを出して、切れた。

駅前のロータリーに出ると、犯人が言っていたとおり、隅の方に白いワゴン車が停まっている。スモークガラスのため、車内にどんな人物がいるのかはわからない。ふらつく足を動かして臨が近づいていくと、スライドドアが誘うかのように小さく開いた。あの車で間違いないようだ。

すぐそばまで行くと、大きくドアが開けられた。

（どんな奴だろう？　ううん、露骨に顔を見ようとしたら怒るかも知れない）

中途半端に視線を逸らし、臨は車内に上半身を差し入れた。その瞬間、

「……!?」

肩口に撃たれたような衝撃が走った。倒れ込む臨の目に映ったのは、青白くはじける火花だ。スタンガンを押し当てられたのだ。

暗転する意識の中で、車内へ引きずり込まれるのを感じた。

再び意識を取り戻した時には、仰向《あおむ》けに寝かされていた。目の前は真っ暗で、何も見えない。騒々しい音楽が聞こえる。耳に差し込まれたイヤホンからだ。

(どうなったんだ? そうだ、僕はワゴン車に引きずり込まれて、気絶して……)

誰かが自分の足を触っている。

「……あ……ぁう……」

誰なんだ、何をしてる――そう問いかけるつもりが、舌が痺れてうまく喋れない。まだスタンガンの影響が残っているらしい。それでも意識は、徐々にはっきりしてきた。

目の前が真っ暗なのは、目隠しをされているせいだ。きっとアイマスクか何かを粘着テープで貼り付けられているのだろう。顔の筋肉を動かすと頬や額が引きつる。両手は頭上に引き上げられ、手錠か何かで固定されて動かせない。

（靴を脱がされてる……あ、ベルトもだ。……うあっ!?）

デニムパンツを引き下ろされた。糊《のり》が剝がれるような感触があったのは、電車内で痴漢にかけられた精液が、素肌と布地の間で乾いていたせいに違いない。嬲られた痕跡がこんな形で残るとは思わなかった。

下着も脱がされた。冷えた空気に触れて、肉茎が縮こまる。

それを恥ずかしいと感じる余裕はなかった。両膝をつかまれて左右に広げられたのだ。男の体が間に割り込んでくる。

（……レイプされる!?）

思わず声が出た。

「やっ……待て！　待ってくれ!!　マロンちゃんを返してくれるんだろうな!?」

返事はない。いや、犯人が答えていたとしても、自分には聞こえないのだ。

視覚と聴覚を封じられて、周囲の状況がつかめない。自分が外界から切り離されたような不安と恐怖が押し寄せてくる。さらに、もう一つ気がついた。

（声が出せる……口は塞がれてない。つまりここは、僕が大声で叫んでも人が来ない場所なんだ）

必死に周囲の様子を探った。空気の流れがないし、背中に当たっているのは、車のシートのようだ。おそらく、今自分がいるのは、あの時引きずり込まれたワゴン車の中だ。とはいえ駅前で凌辱《りょうじょく》行為に及ぶとは考えにくいから、スタンガンで気絶させておいて、どこか人気《ひとけ》のない場所へ移動したのだろう。

鼻腔《びこう》をかすめるのは、人工的なブーケの香りだ。

(車用の芳香剤かな？　煙草《たばこ》の匂いはしない。変に臭い感じもない……)

レイプ犯にしては清潔な印象を受ける。無論、嗅覚だけでは判断できないけれど——と、そこまで考えた時、両脚を抱え込まれた。腰が浮いた。

「……っ！」

尻肉に硬いものが当たった。生身の熱さが伝わってくる。視覚と聴覚を封じられて鋭敏《えいびん》になった嗅覚が、先走りのにおいを確実にとらえた。バイブレーターやローターではなく、牡だ。

(あ、熱い……っ)

熱く濡れた先端が谷間をなぞって、後孔に辿り着いた。ぐっ、と強く押される。侵入しようとしている。引き伸ばされる後孔の粘膜が、裂けそうなほど痛んだ。けれど摩擦《まさつ》がきつくて入らない。

(ゴムをつけてるせいか？　はっきりとはわからないけど、でも、そんな感じだ……)

レイプ魔と避妊具——妙な取り合わせだ。性病を警戒して装着しているのだろうが、強姦するような犯罪者が、そんなところまで気を回すものだろうか。より強い快感を得るた

めに、生で直接挿入するイメージがあるのだけれど、

（この犯人は、そんな粗暴な考えなしじゃないってことか？）

トイプードルの誘拐を含め、きわめて計画的な犯行だ。粗暴どころか、神経質な面があるらしい。いったいどんな理由で、自分が標的にされたのだろう。

しかし、それ以上考えることはできなかった。

「あ、ぁあああぅっ！」

牡を強引にねじ込まれた。凄《すさ》まじい痛みが後孔を苛《さいな》む。摩擦が強いし、牡そのものが大きすぎる。

「痛いっ、待って……!!　もっとゆっくり……あ、ぁーっ！」

先端がめり込んだ。強引な侵入で後孔の粘膜は限界まで引き伸ばされている。引きつる痛みが臨を苛む。乱暴に腰を沈められたら、裂けてしまうかも知れない。

「お、お願いだから、待って……!!　こんな、太い……さ、裂けるからぁ……っ！」

届くかどうかわからない懇願を、必死に繰り返したら、侵入が止まった。後孔の中へもぐり込んでいた先端が、粘膜を引っ張りながら抜けていく。

臨は荒い息を吐きながら、礼の言葉を口にした。

「ありが、とう……」

返事があったかどうかは、イヤホンから流れる音楽のせいでわからない。けれど侵入を

止めてくれたのは確かだ。ほっとした。

だがその時、ぬらつくクリーム状の物が、臨の後孔にべちゃりと付着した。息を呑《の》んだ瞬間、再び牡をあてがわれる。腿をとらえる男の手に力がこもり、指先が肉に食い込んだ。

「ひっ!? ま、待っ……ぅああっ! あ、あああぁーっ!!」

容赦《ようしゃ》なくねじ込まれた。後孔が引きつる。裂けずにすんだのは、塗りつけられたクリームが潤滑剤《じゅんかつざい》の役目をして、摩擦が消えたからだろう。それでも逞《たくま》しい牡を無理矢理ねじ込まれたために、後孔は激烈な異物感と圧迫感を味わわされている。

自分を気遣っていったん抜いてくれたわけではなく、単に、摩擦が強すぎたから、潤滑剤を使おうと思っただけらしい。

腿をつかんだ手に力を込め、自分の方へ引き寄せつつ、男はなおも深く腰を沈めてくる。

「きついっ、無理……待って!」

自分の声を自分の耳で確かめられないのが、こんなに不安なものだとは知らなかった。

(逆らっても無駄だ。怪我をしないようにして、できるだけ早く終わらせるしか……)

この男も、電車の中の痴漢達と同じだ。自分の体を弄んで、満足すれば離れていくだろう。口を開け、大きく深い呼吸をして、体の緊張を少しでもやわらげようとした。

括約筋《かつやくきん》がゆるんだ隙を逃さず、牡は粘膜を無理矢理に押し広げて、さらに深く侵入してくる。

やがて、男の腰骨が腿の裏に当たるのを感じた。根元まで入ったのだ。深い。同性との経験はあるけれど、こんなに奥深くの粘膜で味わうのは、初めてだった。

そして男が、腰を揺すり上げ始める。

数回、小刻みに動かしたあと、不意打ちのように深く突き入れてくる。

「はっ、ぁ！　あふ……ぅ……っ」

臨は喘いだ。クリームでぬるぬるになった牡が粘膜をこすり立てる。浮き上がった青筋の感触が刺激的だ。丸い先端に奥をえぐられる。男が根元まで突き入れてきた瞬間に、後孔の下を袋に叩かれる感触が、たまらない。

「はぅっ、く……あ、ぁあぅ！　そこっ、そんなに、したらぁ……くぅ、っん!!」

逞しい灼熱《しゃくねつ》が、自分の中で暴れ回っている。

自分はレイプされているのだ。目隠しとイヤホンで視覚聴覚を奪われた上、手を拘束され、見知らぬ相手に貫かれている。なのに、

（どうしよう……先走り、出てきた……）

異常な状況のせいか、体が尋常でないほど昂《たか》ぶる。肉茎は限界まで張り詰めて、先端から蜜をしたたらせながら、びくびく震えている。心臓は普段の倍ほどの速さで搏動し、今にも破れそうだ。

（こんなの、初めてだ……すごい……気持ち、いい……っ!!）

貫かれている後孔が、熱く疼く。牡に粘膜をこすられるたび、快感が腰から背筋を駆け上がり、脳を熱して、意識を白く溶かしていく。

「あっ、ぁ、あ、ふっ、く……ぁぁあ！」

言葉にならない、断続的な喘ぎがこぼれる。理性は快楽に蹴散《けち》らされて消えた。

臨は手錠をはめられた腕を揺さぶった。自分を貫く男にすがりつき、律動に合わせて腰を動かしたいという本能的な衝動が、全身を灼《や》いた。

もっともっと快感がほしい。なのに、手錠があるために抱きつけない。

快感を求める臨の気持ちが通じたのか、凌辱者の突き上げが速さを増した。単純に抜き差しするのではなく、突く場所にも力加減にも変化をつけて、臨を責めてくる。深く、浅く、また深く、内側の粘膜を撫でるように、あるいは不意打ちでえぐり上げるように、時には笠の裏で引っかけるように――つながっているのは一ヶ所だけなのに、全身が快感に浸《ひた》される。

どれほどの時間、責められていたのだろう。

ずんっ、と全身がわななくほどの勢いで突き入れられた。コンドームのふくらむ感触と、薄いゴム膜を通して伝わってくる熱さに、腰が震えた。

「ああああぁっ……‼」

臨は顎をそらして大きくのけぞった。腰が浮き上がり、足が宙を蹴った。張り詰めていた肉茎がびくびくっと震え、精液をほとばしらせた。鳩尾《みぞおち》のあたりが濡れる。電車の中で何度も射精させられたせいで、水のようなさらさらの液しか出なかった。

男が自分の上に覆いかぶさってきた。達したあとの余韻を味わっているのだろうか。速い鼓動が伝わってくる。臨の鼻がひくついた。

（……コロンかな？　アクアノートの……）

車内は芳香剤の匂いで満たされていたけれど、鼻先を体で塞がれる形になったため、男の体臭を直接嗅いだ。レイプ犯のイメージにそぐわない、すっきりと涼しげなアクアノートをメインにして、シトラスを加えた香りだ。

いったいどういう人物なのだろう。

（やってることは思いきり犯罪なんだけど、コロンの選び方とか、喋る言葉の内容とかが……脳まで筋肉系の犯人だとは思えない。教養があって頭のいい、金に余裕のある男じゃないか？　それとももしかしたら、僕の知り合い……？）

目隠しにイヤホン、芳香剤と、臨に情報を与えまいとするやり方が、念入りすぎる。自分と会ったことがある相手だからこそ用心しているのではないのか。

（でも、こんな真似までするなんて……なぜだ……？）

射精直後の気怠《けだる》さに身をゆだねつつ、ぼんやりと考えを巡らせていた時だ。自分の中に入ったままだった牡が、再び動き始めた。

「……っ!?」

自分が達してしまったことに気を取られて、意識していなかったけれど、臨を犯す男の牡は、一回射精しただけでは力を失わなかった。凌辱者自身もまだまだ終わらせる気はないらしい。一度抜いたのは、コンドームを替えるためだろうか。すぐにまた押し入ってきた牡が、臨の中で暴れ始める。

「あぁっ、そこ、やっ……!!」

臨は身をくねらせ、涙をこぼして叫んだ。

達したばかりで感度の上がった体を、こんなに激しい勢いで責められたら、とても耐えられない。もう出す精液はほとんどないはずなのに、後孔からの快感につられた肉茎が勃ち上がる。

「待っ……ぁひぃっ！　だめだっ、そんなにしたら……あ、あ、ぁあーっ！」

悲鳴は甘く溶け崩れた。気持ちよすぎて、思考が溶ける。臨は泣きながら、男の突き上げに合わせて腰を揺すり続けた。

——犯されている間に、意識を失ったらしい。

どれほど時間がたったのか、心細げに鳴く犬の声で目を覚ました。臨は重いまぶたをなんとか開けて、周囲に視線を巡らせる。

自分が寝かされていたのは、最初にいた公園のベンチだった。腿や下腹には、精液が乾いたあとのようなつっぱり感があるけれど、服はちゃんと着せられている。

そして腕にからんだリードの先には、茶色のトイプードルがいた。

「マ、マロンちゃん！　大丈夫か、怪我はないんだね!?」

慌てて犬を膝に乗せ、異状がないか確かめた。大丈夫そうだ。

「無事、だったんだ……」

全身の力が抜けそうなのをこらえ、犬を優しく抱きしめる。きゅんきゅんという甘え鳴きが、死んだ愛犬の記憶に重なった。

(守れた……今度は助けられた)

一安心はしたけれど、あたりの暗さに気づいたら、喜んでばかりはいられなかった。

マンションへ犬を連れて戻る予定の時刻は、とっくに過ぎている。スマートホンをチェックしたら、メールと留守番電話が山盛りだった。すべてファーガソン氏からだ。

「いけない、きっと怒ってる……!!　マロンちゃん、早く帰ろう！」

タクシーを拾い、頼み込んで犬も一緒に乗せてもらった。痛い出費だがやむを得ない。

大急ぎでマンションへ戻ったものの、自分と犬を迎えたファーガソン氏は、ひどく怒っている様子だった。

「客がいる間は帰ってこないようにと言ったが、予定の時刻を二時間も過ぎて、しかもなんの連絡もなしとはどういうことだ。無責任すぎる」

「すみません、申し訳ありません」

「言葉だけの謝罪に意味はない。なぜ帰りが遅れたのか、なぜ連絡してこなかったのか、そこを教えてもらおう」

「そ、その……自分でも知らないうちに体調を崩していたみたいで、散歩中に、疲れてベンチに座ったら、そのまま眠り込んでしまったみたいで……本当に申し訳ありません」

「疲れて眠った？　なんだ、それは。君には責任感というものがないのか」

臨は身を縮め、ひたすら頭を下げた。

眠り込んだ隙にトイプードルを盗まれ、脅迫されてレイプされていたなどと言えば、管理の甘さを指摘されて一層責められるに違いない。契約不履行《ふりこう》で訴えられたくない。違約金と呼ぶのか慰謝料《いしゃりょう》になるのかは知らないが、自分にそんなものを払う余裕はなかった。失態を会社に報告されてクビになるのも怖かった。

やがてファーガソン氏は、根負けしたように溜息をついた。

「今までよく犬の世話をしてくれたことだし、今回だけは不問に付すことにしよう」

「あ、ありがとうございます」

「だが二度目はない。今日はもう帰りたまえ」

訴訟だ違約金だと言われずにすんだことにホッとして、臨はリビングを出た。

その足下へ、トイプードルのマロンがじゃれついてきた。賢い犬だけに、臨がファーガソン氏に叱られて険悪な雰囲気になっている間は、リビングから避難していたようだが、落ち着いたのを感じ取って、遊んでもらおうと思ったらしい。紐《ひも》のようなものをくわえている。

「マロンちゃん、どうしたんだ？　これで遊びたいの？」

手に取ってみると、パイル地のベルトだった。犬用玩具《がんぐ》ではない。

「ダメ！　離して！」

犬を叱る時には、名前を呼ばないのが鉄則だ。声のトーンを一段低くして『ダメ』の言葉をかけた。悪いことをしてしまったと気づいたらしく、マロンがベルトを口から離して伏せる。

マロンが走ってきた洗面所兼脱衣所の方向を見ると、ドラム式洗濯機の蓋《ふた》が開いて、ベルトと同色のバスローブがはみ出ていた。マロンがくわえ出したのだろうか。それだけならいいけれど、ベルトが湿っている。

（まさか、粗相したのか？）

トイレは完璧なはずだけれど、今日、散歩中に拉致されたことがショックで、普段どおりの行動ができなくなっているのかも知れない。

「ちょっ……す、すみません、確認します！」

ファーガソン氏が何か言いかけたけれど、話をするより犬の粗相を確認するのが先だ。もし失敗したのなら、すぐに対策を立てねばならない。臨は洗濯機の前に走って、はみ出しているバスローブを手に取った。ベルト以上に湿っていた。本当に犬が粗相したのかとうろたえ、生地を鼻先まで持ち上げて嗅いだ。

（……あ、違う）

排泄物のにおいはしない。ボディソープか何かの、すっきりと爽やかな残り香だけだ。もともと湿っていたらしい。

ホッとした時、背後から冷たい声がかかった。

「君には人の洗濯物を嗅ぐ趣味があるのか？」

顔が燃え上がるように熱くなった。自分の行動は、傍目《はため》に見れば変態そのものだ。

「ち、違うんです！　マロンちゃんがくわえてきたベルトが湿っていたので、マロンちゃんが洗濯機から引っ張り出して粗相したと勘違いしたんです。もしそうなら、すぐにしつけ直さなくてはと思って、慌てて……差し出た真似をして、すみませんでした！」

腰を直角に折って詫《わ》びた。

「それならいちいち自分で確かめずに、私に訊けばいい。そのバスローブはさっきシャワーを浴びたあとに使ったから、湿っていて当然だ」

「す、すみません……」

今日は失態続きだ。それでも帰り際に、玄関まで臨を送って出たファーガソン氏が、

「君の犬の扱いに関しては信頼している。明日もいつもの時刻に頼む」

と言ってくれたのが救いだった。まだ契約を打ち切られずにすむ。

暗い道を駅まで歩き、電車に乗った。ラッシュアワーはすでに過ぎており、車両には立っている人がぽつぽついる程度だ。

窓ガラスに映った自分を眺めていると、痴漢にスマートホンで撮られて見せつけられた己の顔——嬲られ、感じて喘いでいた顔が思い出される。臨は顔を伏せた。

(あんなことをされるなんて、思いもしなかった……でもマロンちゃんを助けることはできたんだ。ほんとにあの子が無事でよかった。心理的なショックを受けて粗相をしちゃったのかと思ったけど、そうじゃなかったし)

だが洗濯物を引っ張り出したのはまずかった。依頼者の私物に勝手に触るなど、ペットシッターの領域を超えている。

それにしても気になる。

(……ファーガソンさんは『シャワーを浴びた』って言った)

腑に落ちない。

マロンはファーガソン氏にとって、愛犬とまでは言えなくとも、伯母から預かった大事

な犬のはずだ。その犬を連れたシッターが、時間になっても戻らず、連絡もつかない。そんな状況で、のんびりシャワーを浴びる気になれるものだろうか。

自分ならいつインターホンが鳴るか、電話がかかってくるかと心配で、スマートホンを手放すことができないと思う。

(それにバスローブから、アクアノートの香りがしてた)

自分をワゴン車に引きずり込んで犯した男から香ったのも、アクアノートがメインの香りだった。目隠しをされていたからはっきりとはわからないが、体格も似通っている気がする。

(まさか、ファーガソンさんが犯人なのか?)

もしそうなら、シャワーを浴びていた理由が頷《うなず》ける。精液で汚れたうえ汗まみれになった体のままでは、自分に会うわけにはいかなかっただろう。犬のマロンが、おとなしく連れ去られたのも、拉致されても一切ショックを受けていなかったのも、当然だ。

散歩中に突然猛烈な眠気に襲われたのは、出かける前に勧められたコーヒーに、何か薬が入れられていたのではないか。

筋は通る。しかし、納得がいかない。

単に自分を犯したいだけなら、トイプードルを攫ったり、電車に痴漢を呼び集めたりする必要はない。ファーガソン氏は自分より一回り以上も体が大きい。力ずくで押さえ込み、犯せばすむことだ。もし正体を知られたくないなら、自分が一人になった時に、覆面をして襲えばいい。

（あのワゴン車、ナンバープレートが泥で汚れて数字は見えなかったけど……確か、わナンバーだった）

自分を嬲るためにレンタカーを借りて、ナンバーが読み取れないように泥で汚すところまで準備したのだとしたら、計画的な犯行に違いない。そこまでするほど、犯人は自分に強い感情を――それが憎悪か欲情か、もっと違う感情なのかはわからないけれど――抱いていると思われる。

ファーガソン氏と自分に、そんな因縁はないはずだ。わからない。

（今はこれ以上考えても無駄だ。とにかくマロンちゃんは無事に返してもらえた。それで充分だ。……ああ、早く部屋に帰ってシャワーを浴びたい。変なにおいはしてなかったかな。ファーガソンさんは何も言わなかったけど）

アパートに帰り着いて部屋に入り、玄関に施錠《せじょう》して、蛍光灯を点《つ》けた瞬間だった。

「……っ！」

着信メロディーが鳴った。非通知で電話がかかってきている。

（まさか、またあの犯人から……？）

体がこわばる。それでも、無視すればもっと厄介《やっかい》なことが起こりそうな気がした。もしかしたら、ペットシッターの仕事で関わった飼い主の誰かが、かけてきた可能性もある。出ないわけにはいかない。

「も……もしもし」

『お疲れさま。仕事が終わって家に帰って、一安心か？』

あの、ボイスチェンジャーで機械的に変えた声だ。帰り着いた瞬間を狙ったように、かかってきた。

「見張ってたのか⁉」

反射的に窓を見やった。厚地カーテンを閉めてあるため外の様子は見えない。しかし明かりを点けたことは、外からでもわかるはずだ。スマートホンの中を調べられて、住所は当然ばれただろうし、家の前で見張られていたのかも知れない。あるいはずっと尾行されていたのか。

「どうして……なぜ、こんなこと……」

言葉は力なく頼りなく消えた。

『今日は疲れきっているだろうから、これ以上は勘弁《かんべん》してやる。……そうだな、明日だ。明日の夜は連絡したらいつでも出られるよう、用意しておけ。また喜ばせてやる、嬉しいだろう？』

「か……勝手なことを言うな！」

一方的に命じられ、体がカッと熱くなる。臨は夢中で叫んだ。

「あんなことされて嬉しいわけないだろう！　なぜ僕がお前に従わなきゃならない!?」

『感じてよがりまくっていたくせに、よく言う』

「あ、あれは、わざとじゃなくて……その、触られたら反応するのは、男なんだから、仕方がないじゃないか！」

『逆だろう。男は自分の意志で制御できる、だから男には強姦罪は適用されない。日本の法律ではそうなっているはずだ。ぐずぐず言わず、素直に言うことを聞け』

「マロンちゃん……お前が誘拐した、あのトイプードルはもう戻ってきたんだ。今の僕には、お前に従う理由なんてない」

『そうか？　これを聞いてみろ』

わずかな間、雑音が流れた。そのあと聞こえてきたのは、濡れた肉のぶつかり合う生々しい音と荒い息遣い、そして淫《みだ》らなよがり声だ。録音された自分の声だった。

全身が燃え上がるように熱くなった。自分はこんなに淫らな声で喘いでいたのか。

「やっ……いやだ、止めてくれ！」

『お前は聞きたくないかも知れないが、続きを聞きたがる奴は大勢いると思うぞ。音声だけじゃない、動画もある。これをネットに流したらどうなるかな？　犯《や》っている最中は目元が隠れていたが、終わってお前がぐったりしていた時に、アイマスクを外して顔をむき出しにして録画した』

声が出なかった。そう言われれば、連続で絶頂に追い上げられたあとの、意識が霞んでいる時に、目隠しをむしり取られたような感覚があった。

『お前の名前も住所も、勤め先もわかっている。会社宛に動画を送ったり、プリントした画像を家の近くにばらまいてやるのもいいな。もちろんネットに流して拡散してもいい』

「や、やめろ!」

『今なんと言った? やめろだと?』

「すみません……やめてください。画像を流さないで……なんでも、するから……」

犬は取り戻したけれど、代わりになる脅迫のネタを与えてしまった。結局、自分は犯人に屈服するしかない。

『それでいい。明日の連絡を待て』

通話が切られた。臨は暗くなった液晶画面を見つめた。

画面に映った顔は、保護フィルムのせいでぼやけていて、自分がどんな表情をしているのかは、よくわからなかった。

3

臨との通話を切ったあと、アーサーは大きな溜息をこぼした。強い疲労《ひろう》感がのしかかってきて、肘掛け椅子の背もたれに身を預け、まぶたを閉じる。

（奇妙なものだな……もっと、すっきりした気分になると思っていたのに）

今日の行為は、自分が『解剖』されたお返しだ。教室でクラスメート達にいたぶられたのと、そっくり同じ状況は作れない。少しでも似通った雰囲気をと考え、公共交通機関の中で複数の男達に臨を嬲らせた。

羞恥と当惑に揺れる臨の表情を眺めるのは、いい気分だった。

だがあの頃自分が味わった屈辱と絶望感を加味すれば、痴漢行為だけでは足りない。自分は、親友に裏切られたのだ。心に受けた傷は、深く大きく、今もまだ癒えてはいない。

臨にも同じだけ傷ついてもらわなければならない。

痴漢募集の際に『本番禁止』の条件を付けたのは、臨をもっとも深く傷つける行為は、自分自身で実行したかったからだ。過去のいじめで凌辱行為がなかったのは、自分達がまだ子供だったというだけの理由だろう。手加減する必要はない、そう思った。

そして予定どおり、臨を凌辱した。

なのに心を大きく占めているのは、復讐を成し遂《と》げたという痛快さより、後悔や自己嫌悪にも似た、もやもやとした感覚だ。

自分は本当に、復讐のためだけに今回の計画を立てたのだろうか。

臨が痴漢達にいじり回されて、快感に喘ぎ始めた時、自分の気持ちは当初とは変わっていた。ざまあ見ろ、もっとひどい目に遭えという気持ちは消えて、臨を蹂躙《じゅうりん》する痴漢達への苛立ちが心を侵蝕《しんしょく》していた。あれは嫉妬《しっと》ではなかったか。

意識していなかっただけで、自分は臨を抱きたいと思っていたのかも知れない。

(……違う!!)

心の中で激しく否定した。

臨は何ヶ月も親友のふりを続けて自分を油断させ、突然裏切っていじめを始めたのだ。小学生でありながら、あんなにたちの悪いやり方ができるのは、心根が歪んでいるからに違いない。『抱く』という言葉には好意がにじんでいる。今更臨に、そんな気持ちを持つわけがなかった。

(あいつは、陰でクラスメートを煽って、俺を……)

最初の『解剖』の時は、服を脱がされて性器を見られて、皆の笑いものにされた。

被害者のアーサーとしてはそれだけでも耐え難《がた》かったけれど、加害者側は回数を重ねるたびに、もっと刺激がほしくなるものらしい。

二回目は尻を広げられ、穴を見られた。性器だけなら、水泳の時の着替えや、トイレで見られることもあるけれど、後孔は普通、他者の目に晒すことはない場所だ。恥ずかしくて情けなくて泣いてしまい、その涙をネタにしてまた嗤《わら》われた。四回目の『解剖』の時には男子の一人が言い出して、皆の前で自慰《じい》行為をさせられた。緊張と羞恥のせいで、どんなにこすっても勃たず、そのうち教師の来る気配がしたために、自慰行為晒しは途中で終わった。だからといって心が傷つかなかったわけではない。

（あの時、命令したのは臨じゃなかった。だけど誰かが言い出した時、あいつは驚かなかった。予定どおりの台詞が出た、みたいな顔をして……）

きっと前もって臨が誘導して、仲間の一人が言い出すように仕向けていたのだろう。

逆らえなかった惨めで弱い自分と、薄笑いを浮かべていた臨を思い出すと、両手で頭を抱えてのたうち回りたくなる。

（……そうだ。臨を許せるわけがない。俺はあいつを憎んでいる。臨を『抱いた』んじゃない。『犯した』んだ。復讐の一環だ）

アーサーは自分に繰り返し言い聞かせた。

（俺は臨に好意なんか持っていない。今やっていることは、純粋に復讐なんだ。……そうだ、もう一度『解剖』の仕返しを味わわせてやる。俺が脱がされたのは一回や二回じゃなかったんだから）

一番屈辱的だった、他人に見られながらの自慰を、臨にも実行してもらおう。

ただし場所を考えなければならない。自分の時は、学校の教室という一種の密室が舞台だったが、迂闊《うかつ》な場所でやらせたら通報されて、警察が来る騒ぎになる。

充分に計画を練ったあと、臨に電話をした。わざと、犬の散歩と重なる時刻を指定して、呼び出し場所に来るよう言ったのは、仕事と脅迫、どちらを取るのかに興味があったからだ。自分可愛さのあまり、脅迫者に媚《こ》びることを選んで仕事をないがしろにするようなら、臨を侮蔑《ぶべつ》する理由が一つ増える。

しかし臨は、時間を変えてくれと懇願してきた。

『他のことならなんでも従う。どんなことでもするから、仕事に差し支える時間帯だけはやめてくれ。まわりの人に不審に思われたら、それをきっかけに、何もかも明るみに出るかも知れない。それはどちらにとっても、望ましいことじゃないはずだ』

しっかりした交渉内容だ。契約を反故《ほご》にして犬の飼い主、つまりアーサーから、違約金を請求されることを恐れたのかも知れない。それでも安易に仮病などを使って仕事を休まず、脅迫者と交渉する道を選んだのは意外だった。

(仕事には真面目なのか。そういえば臨が痴漢やレイプに耐えたのも、拉致された犬のためだった。子供の頃、確かあいつの家にも犬がいたな。トイプードルで、臨にはよくなついていた。それに学校では飼育委員で、兎や鶏を可愛がって、丁寧に世話していたっけ。

糞《ふん》や寝藁《ねわら》の後始末も、ちっともいやがらなくて……）

小学校に通っていた頃のこまごました思い出が、蘇ってくる。

しかし動物には優しかった臨が、自分に対しては、容赦なく冷血ないじめを繰り返したのは、なぜだろう。自分は臨にとって犬や鶏以下だったということだろうか。

思い返すと、怒りがつのる。

復讐の手をゆるめてはならないと決意を固めた。

時間だけは臨の都合に合わせてやり、シティホテルの一室に臨を呼び出した。

予定時刻の五分前、ホテルの部屋へ入ってきた臨は、怪訝《けげん》な顔で室内を見回していた。

誰もいないことが意外だったのだろう。だがすぐに、ベッドサイドのテーブルに置かれたノートパソコンに気がついたようだ。そばに歩み寄って、モニターを覗き込んでくる。

パソコンのカメラが捉えたその顔を、アーサーは隣室で別のパソコンを経由して眺めていた。動揺する様子を観察したあと、話しかけてみる。

「ちゃんと一人で来たんだな」

『……っ！　あ、スカイプ……？』

ホテルの部屋を二室続きで取り、準備を整えてから臨が片方の部屋に入るようにしておいたのだ。アーサーの方のパソコンはカメラを塞いでいるため、臨には音声が伝わるだけで、こちらの顔は見えない。

臨もすぐそのことに気づいたらしい。怒ったように眉を上げて、問いかけてきた。

『なんのつもりだ、どこにいる？　この前みたいに、僕をレイプするつもりで呼び出したんじゃないのか？』

「レイプしてほしかったのか？　好き者だな」

『……っ……』

「ベッドのヘッドボードに、ウェブカメラが置いてあるだろう。設定ずみだから、位置と方向は自分で合わせろ」

『何に……』

「そのベッドで、ウェブカメラを自分に向けて、マスターベーションするんだ。ネットで生放送してやる」

『なっ……!!』

臨の顔が真っ赤に染まる。アーサーが選んだ復讐方法は、インターネットでの実況中継だった。

『なぜ、そんな真似……そんなことして、お前になんの得があるんだ？』

声がわなないている。レイプは覚悟していても、世界中に自分の痴態《ちたい》を発信されるとは思いもよらず、うろたえているのかも知れない。ハッとしたように目を見開き、慌ててウェブカメラをつかんで反対側へ向けようとした。

「安心しろ、まだ中継はしていない。始める時にはちゃんと教えてやる。……損得は別に関係ない、面白いからやらせてみようと思っただけだ。パソコンのカメラだと股の間をズームアップした画像を撮りにくいだろうから、わざわざウェブカメラを用意してやったんだぞ。礼ぐらい言ったらどうだ？」

臨がキッと視線を上げて言い返してきた。

『ふざけるな。自分の脅迫ネタを忘れたのか？　画像をネットに流されたくなかったら出てこいって言って呼び出したくせに。ここで僕を映して生放送をしたら、同じことじゃないか』

「同じことじゃないさ。椅子の上に紙袋があるだろう、中身を出してみろ」

不審げな表情の臨がウェブカメラの前を離れ、椅子へと歩く。紙袋の中を覗いたあと、顔をこわばらせて戻ってきた。

『なんなんだ、あれは！』

「仮面が入っているだろう？　あれを使えば顔の上半分が隠れるから、ネット実況する露出狂がどこの誰かばれずにすむ」

『仮面だけじゃない、他にいろいろ入ってるじゃないか!!　なんのつもりだ!?』

「お前が楽しめるようにと思って、わざわざ用意したんだ。使え。……いやなら、すぐに部屋を出て帰ればいい。俺は、この前撮った動画を流すだけだ」

『……卑怯者《ひきょう》』

悔しげに唇を嚙んだものの、結局従うしかないと理解したらしい。負け惜しみのように呟き、臨は紙袋を取りにいった。

「仮面をつけたらベッドに上がれ。準備ができたら、中継を始めるからな。……そうそう、バイブやローターもベッドに運んでおけ。使いたくなるだろうし」

『なんとでも好きなように言え。……服を脱げばいいんだな？』

「そうだな……パーカーの下に着ているのは、そのボタンダウンだけか？　だったら先に仮面をつけて、中継を始めてから脱げ」

用意した仮面は、バタフライマスクと呼ばれる種類のものだ。目元だけを隠すタイプだが、華美な装飾が施《ほどこ》されていて、臨の細い顎やなめらかな肌にはよく映《は》える。

カメラの位置を調整させて、インターネット中継を始めた。

仮面をつけた臨が服を脱ぎ始める。

コットンシャツからゆっくり左腕、右腕の順番で抜き、脱いだシャツを畳んで脇に置いた。仮面があるから顔は映らないのに、カメラのレンズから逃れようとするかのように、うつむいている。

ソックス、デニムパンツを取り去ったあたりで、閲覧《えつらん》数が急上昇し始めた。

肌の艶《つや》と張り、細く引き締まった体つきで、若い男だということはわかるはずだし、仮面で目元が隠れているとはいえ、顔の下半分はむき出しだ。艶めく唇、愛らしい鼻の形、頬から顎のラインを見れば、標準以上の顔立ちだろうと誰でも想像がつく。

臨はカメラを見ないで、視線を下へ落としている。右手で肉茎を握り、しごき始めた。左手は根元に添えて、袋をやわやわとこすり、刺激しているようだ。ネットで中継されているという緊張感と羞恥が、逆に興奮を煽るのだろうか。すぐに頬が上気し、額に汗の粒が浮き始めた。

『ん、んっ……ふ……』

声を出すまいとしているのか、唇を引き結んでいる。けれども昂ぶりをこらえきれないのか、くぐもった喘ぎがこぼれ、甘く熱っぽい気配が部屋を満たした。

強制された自慰だとわかっているアーサーにとっては、この抑えられた快感の表出が、かえってそそる。しかしインターネットで生中継を見ている者は、臨が自分の意思で痴態を公開していると思っているはずだから、おとなしすぎると不審を覚えるかも知れない。

臨に恥辱を与えるためにも、もう少し派手にやらせよう。

「前屈みになるな。片手を後ろについて大きく脚を開いて、カメラに全体がはっきり映るように片手でしごけ」

アーサーからの命令に、臨が身を震わせた。手の動きが止まる。

「どうした、やらないつもりか？」

臨が唇を噛む。

けれど次の瞬間、開き直ったかのように、思いきり左右に脚を開いた。いわゆるM字開脚の格好だ。左手を後ろについて上体をそらしたため、股間がはっきりと画面に映し出される。髪と同じ黒色の茂みも、生白くて先端が赤い肉茎も、桜色の会陰《えいん》も、丸見えだ。

その格好で、臨は肉茎をこすり立て始めた。

縦にしごくだけでなく、亀頭を指先で撫で回し、時には袋をやわやわと揉む。

職業柄、ペットを傷つけないためだろう、臨はいつも爪を短く整えている。その、つややかな桜色の爪が、丸い指先が、あふれ出す先走りに濡れていく。軽く開いた唇の動きで、息が荒くなっているのがよくわかる。顎や喉を伝う汗の雫《しずく》が、ライトを受けてきらめいた。快感が全身を侵蝕しているのか、小指の爪ほどもないような小さな乳首が、触ってもいないのに勃ち上がっている。——たまらなく、色っぽい。

ごくっという音が聞こえた。自分が生唾を飲んだのだと気づいて、アーサーは上体を起こした。息を詰めてモニターを凝視していたようだ。自分が仕組んでやらせていることなのに、のめりこんでどうするのかと己に言い聞かせた。

それでも、内側から昂ぶってくるのは止められなかった。下半身が熱くなる。モニターから視線を外せない。

(いつも臨は、こんなふうに処理しているのか)

仮面を引っ剝がして、今どんな顔をしているのか見たいと思った。

この前臨を抱いた時は、臨に目隠しをさせていたから、感じている時の表情を見ることができなかった。電車内で、痴漢に嬲られている時の顔は見たけれど、距離があったうえに人垣越しだった。

(見たい……もっと近くで……)

触りたい。貫きたい。仮面を外させ、間近で感じている時の顔を見たい。激しい欲望が体内から突き上げてくる。部屋に乗り込んで這《は》いつくばらせ、犯してやりたい。だが今は、臨の自慰をインターネットで中継するという形で、復讐している最中だ。途中でやめさせるわけにはいかなかった。

(畜生。あとでたっぷりぶち込んでやる)

我慢しきれず、アーサーは片手を自分の股間へ持っていった。ズボンの前が突っ張って痛い。ファスナーを下ろして、牡をつかみ出した。モニターに映る臨に視線を据えて、しごき始める。

きっと今このネット中継を見ている連中の七、八割は、自分と同様に股間をいじっている。自慰というよりは、臨を犯すつもりでやっているに違いない。動画を保存している者も少なくないはずだ。これから先、臨の痴態は何度も再生され、コピーされてはまたアップされて、無数の男達によって汚されていく。

（臨、お前が悪いんだ。みんなに俺を『解剖』なんかさせるから。輪の中に加わるならともかく、お前は高みの見物だった。自分はそんな低レベルなことはしない、みたいな顔して、そのくせ止めもせずに……）

欲望のせいか、過去の記憶への怒りのせいか、アーサーの牡は限界まで張り詰めていた。しごく手の動きは、知らず知らずのうち、臨の手つきと同調している。――臨にしごかせているような錯覚に陥る。気持ちいい。牡は一層硬く昂ぶって、今にもはじけそうだ。臨より先に達したくないという意地だけで、こらえた。

『は……っ、ぁ、あ……』

熱い喘ぎをこぼし、顎をそらせて大きくのけぞり、臨は自分の肉茎をしごき続ける。やがて、悲鳴に近い声をこぼした。

『あぁっ……無理!!　もぉ、無理っ……で、出る……っ！』

臨の手の中、肉茎の先端から、白い液が弧を描いてほとばしった。

臨はのけぞったまま体をびくびくと震わせていたが、やがて顔を戻した。半開きになった唇の端から唾液がこぼれているのを、手の甲で拭ったけれど、その手に精液が付着していたらしく、逆に口元が白く汚れた。

「……っ！」

その顔を見た瞬間、アーサーも自分の手に熱い粘りがかかるのを感じた。手でしごく物理的な刺激より、臨の表情の方が、腰を直撃した。

「う……」

ティッシュに手を伸ばす余裕はなかった。モニターに映る臨から目が離せない。

額から喉元まで汗に濡れ光り、唇は唾液と精液で汚れて、普通ならだらしないと感じるはずの顔だ。

けれども今の臨に限っては違う。薔薇色にほてった頬も、荒い呼吸のたびに動く喉も、汗に濡れて耳元に張り付いた髪までもが、艶めかしい。白く汚れた口元などは、艶めかしいのを通り越して卑猥だ。

『あふ……ぅ』

臨が喘ぎ、視線をカメラに向けてきた。仮面越しで、はっきり目元が見えたわけではないけれど、そう感じた。

(こいつ……!?)

アーサーは息を呑んだ。自分を挑発してきたのかと思ったのだ。だが臨の顔が正面からカメラに向いたのは、本当に一瞬だけだった。

『……あぁ……』

溜息をこぼしてうつむき、臨はベッドに散らばっていた玩具のうち、一番近くにあったローターへと手を伸ばした。スイッチを入れ、低い唸りを上げ始めた球体を、肉茎の裏側に押し当てる。

『はぁうっ！』

一際大きな声をこぼして、再びのけぞる臨を、アーサーは瞬きも忘れて見ていた。噛みしめすぎたのか、奥歯がぎりぎりと鳴る。

(俺はまだ、玩具を使えとは言っていない。なのに自分からローターを押し当てて……)

快感に我を忘れ、インターネットで生中継されていることさえ忘れたのか。片手で肉茎を支え、もう片方の手で臨は、ローターを先端へ向かってすべらせる。甘くはしたない声が部屋に響いた。

『あっ、ぁ、ああっ……!!　やだっ、これ効くっ、いいっ！　あぁんっ！』

亀頭にローターが当たった瞬間、臨は仰向けに倒れ込んだ。

射精直後の敏感になった体、それも感じやすい裏筋部分に、ローターの振動は刺激が強すぎるに違いない。膝を曲げて立てた脚の、内腿の筋肉がひくひく震えている。

アーサーの牡が、再び熱く昂ぶり始めた。

(わかっていて、やっているのか？)

やはり臨は、自分を挑発しているのではないだろうか。もしかすると自分が隣室で何をしているのかまで、見抜いているのかも知れない。別に自分が臨を材料にして楽しんだところで、どうということはないはずだが、最初そのつもりがなかっただけに、乗せられたようで悔しい。

かといって今更、こんな中途半端なタイミングで手を止めることもできなかった。もう一回抜いてしまわないと、収まりがつかない。

（くそっ……あとで本人にぶつけてやる）

モニターに映る臨をにらみつけ、どうやって責めるか考えを巡らせつつ、アーサーは自分の牡をしごき立てた。

臨は、ローターを肉茎に添って上下にすべらせつつ、片手で自分の乳首をこね回している。『あっ、ぁ、あ……ふ……っ』と、鼻にかかった甘い声がこぼれている。寝転んだままなので、カメラに映るのは下半身だけだ。表情が見えない。いや、カメラに顔を向けたとしても、今の臨は仮面をつけている。インターネットを通して中継を見ている者には、快感によがり泣く臨の顔を知ることはできない。

それは、あとで臨を犯す自分だけの特権だ――そう思うと、下半身が熱く昂ぶる。

『やっ……ぁ、はぅ……っ！』

臨が再び高い声を上げた。二度目の射精だ。達した直後の熱く荒い息遣いを、マイクが拾ってアーサーのところまで届けてくる。煽られる。さっき射精したばかりなのに、自分もまた達してしまいそうだ。

（臨は二回イったし、もういいだろう）

　中継を止めようかと思った時だ。

　臨が身を起こし、座り直した。仮面はつけたままだが、だらしなく開いた唇の端から唾液が伝い落ち、汗に濡れた首筋には乱れた髪が張り付いている。桜色にほてった肌と黒髪の対照が艶めかしい。

『あぁ……ん……』

（……っ!?）

　甘い声をこぼした臨の唇が、笑う形を作ったように見え、アーサーは当惑した。牡に添えていた手の動きが止まる。

　半開きの唇に、臨は自分の右手人差し指を差し込んだ。

（なんだ？　何を始める気だ？）

　赤い舌がちろっと覗く。指を舐め回している。やがて、唾液にまみれて光るその指を、臨は腰の後ろへ回した。

（え……まさか!?）

　息を呑み、アーサーはモニターに向かって身を乗り出した。

『う……ぁあ……っ』

　臨は額に汗を浮かせ、頬を紅潮させて、人差し指の先を後孔へあてがった。そのまま、一節、一節と埋め込んでいく。表情に苦痛の色はない。舌先で唇を舐めたのは、興奮か、それとも期待の表れか。

アーサーのこめかみがひくつく。ここまでしろとは、自分は言っていない。

（やっぱり臨は、男に抱かれることに慣れているんだ）

後孔で得る快感が身に染みついているからこそ、他人に見られるとわかっている自慰で、指を挿れたりできるのだろう。

（誰にここまで仕込まれたんだ？　そいつの前ではこんな、とろけたような顔で喘いだのか。いつからいつまで付き合っていた、いったいどんな奴なんだ）

自分の全身を灼く熱が、嫉妬心だとは自覚しないまま、アーサーは画面に見入った。

『んっ、ふぅっ……ぁ、ああんっ……』

臨は眉根を寄せ、目を閉じて、快感を貪《むさぼ》っている。後孔に挿れた指をどんなふうに動かしているのか、手で触れていない肉茎が勃ち上がった。

『いいっ、もっと……もっと、ここぉっ！』

悲鳴のような声をこぼして臨が手に取ったのは、皺《しわ》だらけのシーツの上に落ちているローターだ。さっきは肉茎に当てたそれを、今度は後ろへ持っていった。後孔へあてがい、押し込んだように見えた。

『ひぁっ！』

臨が大きくのけぞり、横ざまに倒れた。やはりローターを後孔へ押し込んだらしい。腰をびくびく震わせながら、片手で乳首を、もう片方の手で肉茎をしごき始めた。

『ぁ……やぁっ、もう……はぅんっ!!』

ラリったという言葉がぴったりくる、笑っているような、快感に酔っているかのような口元で、臨が喘ぐ。仮面のせいでよく見えないけれど、きっと視線はウェブカメラに向いている。誰のために喘いで、媚びを売っているのだろう。不特定多数に向けて発信されているのは、わかっているはずなのに。

嫉妬と怒りがアーサーの体を灼いた。自分でそう仕向けたのに、腹立たしい。

（お前は俺にだけ許しを請《こ》えばいいんだ……!!）

臨をにらみつけた瞬間——再び限界がきた。

「くぅ……っ！」

灼熱が体内を走り抜け、ほとばしる。先端を包み込むようにして握っていたため、熱い液は掌と指を濡らし、指の隙間からあふれて、手の甲までも白く汚した。

体が何度も大きく震える。

「は……」

肩で息をしながら、モニターに視線を戻した。自分の視線が逸れた間に、臨も達したらしい。胸からも肉茎からも手を離し、横向きに寝転んでぐったりしている。

アーサーはティッシュで手を拭いてから、インターネットへの接続を切った。これで痴態の生中継は終わった。

今、ウェブカメラが捉えている臨の映像を見るのは、アーサー一人だ。それがわかっているのか、あるいは誰に見られようとどうでもいいのか、臨は白濁にまみれた体をベッドに横たえて動かない。シーツで体を隠す素振りでも見せれば可愛げがあるものを、と憎らしくなって、アーサーは臨に呼びかけた。

「中継は終わった。さっさと体を拭いて服を着たらどうだ？　それともまだ、物足りないのか？」

臨がのろのろと身を起こした。

『疲れて、起き上がれなかっただけ、だ。物足りないなんて、そんなの……』

「どうだか。さっきまでよがりまくっていたじゃないか。ネットを通して世界中に見られているというのに、よくあれだけ恥ずかしげもなく、乱れた姿を晒せるものだ。性根が卑猥なんだな」

『僕が、恥ずかしがる理由なんてない。命令されて、やっただけなんだから……!!』

半泣きの口調ではあったけれど、反論してきた。

アーサーの体が燃えるように熱くなった。

（どうしてこんな目に遭わされて、言い返せるんだ。心が折れてしまうのが、当たり前じゃないのか？）

十三年前、自分は泣いた。三つも年下のクラスメート達に向かい、涙をこぼして『もうやめて、許して、ごめんなさい』と、何も悪いことをしていないのに謝罪し、懇願した。

臨も、同じ立場に置かれればきっと、あの時の自分と同じようにすると思っていた。実際に昨日は、『なんでもするから』と哀願してきた。だがあの従順な態度は、拉致された犬を案じてのことだったらしい。

反抗されたのが気に障った。

「服を着るな。そのままベッドの上で待っていろ」

そう命じて、アーサーは隣室に入った。顔はスノーボード用のフルフェイスマスクと、ゴーグル型のサングラスで隠している。

臨は言われたとおり、全裸のままうつ伏せでベッドに転がっていた。脚を肩幅以上に開いているので、白く汚れた内腿の皮膚が見えた。精液が付着しているのだと気づき、アーサーの脳裏に先ほどの淫らな臨の姿が蘇った。さっき二回射精したのに、たちまち腰が熱く昂ぶる。ズボンの前が張りきって痛い。

アーサーは大股に部屋の奥へ入り、靴を脱ぎ飛ばしてベッドに上がった。

服を脱ぐ間が惜しい。ベルトを外し、ファスナーを下ろして、猛り立った牡をつかみ出した。臨の腰に手をかける。

「……っ……」

臨の口から、声にならない声がこぼれた。犯されると覚悟してはいても、実際に触れられると不安になるものらしい。そっと頭を起こしてこちらを見たけれど、自分を犯す脅迫者が顔を隠しているのを知って、諦めたように再び顔を伏せた。

(うっかり話しかけたり命令したりして、声を出さないようにしないと)

音声チェンジのアプリも、耳栓も使っていないので、自分の出した声はそのまま臨の耳に届いてしまう。声で誰かわかったら、あれこれ工夫した意味がない。正体をばらすにしても、もっとあと、臨を追いつめてからだ。

手早くコンドームをつけたあと、アーサーは無言で、臨の細い腰に手をかけて引き上げ、左右の尻肉を押し広げた。小さな襞《ひだ》の中心に、くすんだ桜色の肉孔がある。

「やぁ……」

臨が喘ぐ。見られているという羞恥と緊張のせいか、後孔はひくひくと震えていた。襞が濡れ光っているのは、臨が指を挿れて自慰をしたせいか。

誰に後ろの快感を教えられたのかという疑問が蘇り、怒りがこみ上げてきた。

(慣らす必要はないな、さっき自分で広げていたし……臨が多少痛い思いをしても、俺の知ったことじゃない)

ベッドに突っ伏して腰だけを高く上げた屈従《くつじゅう》の姿勢を取らせ、いきり立っている牡の先端を、後孔にあてがう。再び臨がびくっと震えたが、構わずに腰を沈めた。——きつい。

きつすぎて、挿れる自分が痛いくらいだ。

だが押し広げられ、貫かれる臨は、自分以上につらいらしい。

「あ、ぁあぅ！　ま、待って、もっとゆっくりっ……くぁあっ!!」

悲鳴がアーサーの嗜虐心《しぎゃくしん》を煽る。

(泣け。お前もあの時の俺みたいに、泣けばいいんだ)

これは復讐だ。自分には臨をいたぶる権利がある。さらに深く突き入れたら、臨が首をねじ曲げてこちらを向き、顔を歪めて問いかけてきた。

「う、うっ……く……ど、どうしてだ……っ！　どうして、こんなやり方……!!」

アーサーの心臓が跳ねた。臨の大きな瞳から、今にも涙がこぼれ落ちそうなのに気づいたせいだ。

「レイプするなら、普通にすればいいじゃないか……痴漢とか、ネットの中継とか、なぜあんな面倒な真似をするんだ。お前は誰なんだ、いったい何が目的だ？　どうせ僕はお前の言いなりになるしかないのに、レイプだけで充分だろう？　もう、勘弁してくれ……」

腹の底から笑いがこみ上げてくる。

自分はこういう反応が見たかったのだ。臨にも、あの頃の自分と同じ惨めな気持ちを、味わわせてやりたかった。

(お前の希望は何も聞き入れてやらない。目的も正体も明かさないし、復讐は俺の思うやり方でやる。……俺へのいじめはそうだったよな、臨？　どんなに頼んでもやめてはもらえなかった。そうだっただろう、もう忘れたか？）

臨の腰をつかまえる手に力を込め、爪を立てた。

「あぁっ！　く……ぅうっ……」

悲鳴を上げた臨が、すすり泣きをこぼして再びベッドに顔を伏せる。

（それでいい。理由の説明も何もなく、ただ一方的にいたぶられる不安を思い知れ）

再びアーサーは腰を沈めた。

「やっ、許し……はぅっ！　痛いっ、痛……あぁーっ!!」

臨が途切れ途切れの悲鳴を上げた。アーサー自身も痛い。潤滑液を使わなかったために摩擦が強すぎ、皮がひきつる。だが熱くてやわらかい粘膜の感触は、気持ちいい。

痛みを快感と征服欲で押しつぶして、強引に根元まで突き入れた。

臨は呻き声をこぼし、関節が白くなるほど指に力を入れて、シーツをつかんでいる。

痛いのかと最初は思ったけれど、ふと気がついた。

（……ん？　こいつ、まさか……）

臨の腰にかけていた右手を離し、前へ回して肉茎を探った。指に伝わってきたのは硬く熱い手触りだ。力を入れて握ると、臨の体がびくんと跳ねた。自慰の名残《なごり》で、興奮が収まらないのだろうか。勃っている。

喋れないのが不便だ。『淫乱』『そんなに男がほしかったのか』『泣いて許しを請うわりに、こっちはビンビンだな』などの言葉を投げかけて蔑んでやりたい。

かつて自分が『解剖』された時、いじめっ子達に性器をいじくり回されて勃たされ、笑いものにされたのだ。『嬉しいのかよ』『変態』『お前みたいなの、Mっていうんだろ』などの言葉が、心に突き刺さった。あの時の自分と同じ思いをさせたいのに、声を出せば正体がばれる。

（その分は、体に思い知らせてやるしかないか）

臨の肉茎を強めに握った手を、力をゆるめないまま、先端へとしごき下ろした。

「……はぅっ！」

臨が甲高い声をこぼして、大きくのけぞった。快感より痛みの方が強かったらしい。しかしこれ以上、しごいてやる気はない。

尻の肉を両手で鷲《わし》づかみにし、アーサーは乱暴に腰を揺すり始めた。

「い……痛い、待って！　あ、ぁあ、うっ……!!」

臨が悲鳴を上げるけれど、無視した。

（誰が騙されるか。挿れただけで勃っているくせに）

浅い場所を何度も弱く突いて、そのリズムに慣れさせてから、不意打ちで深く、下からえぐり上げてやった。それも、腰をつかんだ手に力を込めて、臨の体を引き寄せながら責めた。

「やっ、ぁ、あ、あーっ!! それ、だめっ……き、きつ、い……!!」

悲鳴を上げてはいても、臨の肉茎は勃ち上がったままだ。前に手を回し、指を輪にして雁首《かりくび》の下を強く締め付けて、射精できないようにしてやった。

「ひぁっ!? やだっ、お願い、許し……あぅうっ! 締め、ないで……っ」

臨が身悶える。さすがに、強制的に射精を止められたのはこたえたようだ。さっきまでは甘い響きの方が強かった声が、苦痛の悲鳴に変わった。

(ざま見ろ。少しはあの時の、俺の気持ちがわかったか。……お前は俺に支配されているんだ。命令に従うしかないんだ。それを思い知れ)

声に出して宣告してやりたいのをこらえ、アーサーは臨を背後から責め続けた。

4

臨と会って、半月近くが過ぎた。

伯母は昨日、無事に銀婚式記念の旅行から戻り、トイプードルを引き取っていった。マロンがいなくなり、もうペットシッターをマンションへ呼ぶ必要はない。

（表の顔での付き合いがなくなるのはつまらないけど、仕方がないか。深追いすると怪しまれそうだし。それでなくても、臨は俺を怪しんでいる。……当然だがな。マロンを拉致した翌日、コーヒーを勧めた時なんかは、はっきり動揺していたっけ）

犬を拉致して集団痴漢とレイプを仕掛けた次の日、臨がマンションへ来た時に、アーサーは、『いい豆が手に入ったから』とコーヒーを勧めてやった。臨は顔を引きつらせていたが、『飲みたくない』と答えれば角が立つと思ったのだろう。

『あ、あの……せっかくですが、最近ちょっと胃を悪くして、刺激の強い飲み物は控えているんです。すみません』

『それはいけないな。麦茶ならいいだろう？　ノンカフェインで香りがよくて、最近はコーヒーより気に入っているんだ。今、用意する』

『いえ、えっと、その……散歩の前にあまり飲むと、トイレに行きたくなるので、やめておきます。お気遣いありがとうございます』

自分に向かって懸命に言い訳する臨の様子が、面白くてならなかった。

あの日、散歩中に突然強い眠気に襲われたのは、出かける直前にアーサーが飲ませたコーヒーのせいかと、疑っているはずだ。とはいえ証拠はない。疑念は抱いても確信は持てないというところか。

(これからは脅迫してレイプするだけか……何か、いい趣向があればいいんだが)

できることなら、毎日毎晩違う趣向で臨をいたぶりたかった。しかしそう次から次へと違うやり方は思いつけない。

子供の頃、クラスメートを煽動して自分をいたぶった臨は、よくあれだけいろいろ思いついたものだ。同じ『解剖』でも、単に脱がせるだけに始まって、自慰行為を強制したり、あるいは下腹部に蟻《あり》を何匹も落として這わせたり、体中に落書きをしたり——基本的なやり方は同じでも、さまざまに応用を利かせて自分をいじめてきた。

自分にはとてもそこまでする才能はない。

(とりあえず、ただ犯すだけでもいいから続けておくか)

この前、公開マスターベーションをさせたあとに犯した時は、多少なりとも怯えさせることができたのだから、今後もその線で責めることにしよう。

そう決めて、臨に呼び出しの電話をかけたのだが、断られた。

『今夜は無理だ。ペットホテルの夜勤があるんだ。頼む、他の日にしてもらえないか』

「なら、金曜の午後は？」

『金曜はペットシッターの出張で……散歩の世話をしに行くことになっていて……』

マロンの世話がなくなったので暇かと思ったが、ペットの扱いが上手で人気のあるシッターだという話は本当らしい。

『他の日なら……仕事のない時なら言うとおりにするから、変えてくれ。頼む』

「またか。もうペットシッターなんか辞めたらどうだ？　大した給料がもらえるわけでもないんだろう。ホモの男相手にウリをやる方が、よっぽど儲《もう》かるぞ」

『余計なお世話だ』

相変わらず、電話では強気だ。これでは昔と変わらない。いらいらする。自分の立場を思い知らせてやるべきかも知れない。

「なんだったら、ペットシッターを続けられないようにしてやろうか？　お前の……」

エロ動画を勤め先に送りつけて——と言うつもりだったが、言葉を口に出す前に、臨が引きつった口調で叫んだ。

『待て！　僕が世話をするペットに手を出したら、許さないからな!!』

「……」

マロンを拉致されたことを思い出し、『ペットシッターを続けられない』イコール『ペットに危険が及ぶ』と勘違いしたらしい。唖然《あぜん》としたアーサーが返事をせずにいると、今度は震える声で哀願してきた。

『頼むから……お願いですから、ペットには何もしないでください。シッターの仕事だけは続けさせてください。他のことなら、なんでもします。だから……』

臨を屈服させたのは確かだが、すっきりしない。

（犬のことになると必死になって……そんなに犬が大事か）

アーサー自身、犬は好きだから、ペットをいじめる気はない。しかし臨がこうも必死になるなら、何か犬をモチーフにした復讐をしてやりたい。

「わかった。そこまで犬が好きなら、お前の希望に合わせてやる」

復讐方法を一つ思いつき、アーサーは臨に指示を出した。


三日後の夜、アーサーはワゴン車を臨の住むアパートの前へ乗り付けた。

クラクションを二回鳴らすと、一室のドアが開き、ロングコートを着た臨が出てきた。きょろきょろと周囲を見回しながら、アパートの外階段を下りてくる。

丈の長いコートでも隠れるのはせいぜい膝上までで、ショートブーツを履いていてもふくらはぎはむき出しだ。女性なら珍しくもない格好だが、男の臨にとって、ズボンをはかずに脚をあらわにした格好は、やはり抵抗があるのだろう。夜目にもわかるほど、頬が赤らんでいた。おどおどしている様子が見ていて楽しい。

アーサーはナイロンパーカーのフードを深く下ろし、大きなマスクとサングラスで顔を隠していた。問題は声だ。今まで、脅迫者として臨と対峙する時には、直接喋ったことがない。スマートホンの音声変換アプリを使ってごまかしてきた。

しかし今回ばかりは、直接会う以外、いい方法を思いつかなかった。

(作り声でごまかせるかな？　まあ、そろそろ正体を明かしてもいい頃合いだが……どうせなら、臨にショックを与えられるようなやり方にしたいな)

ワゴン車を見つけて、小走りで近づいてきた臨を、車内へ入らせた。

「言ったとおりにしたか？　コートの前を開けてみろ」

臨はうなだれ、コートのボタンを一つ一つ外して前を開いた。

中に服は着ていない。だが全裸でもない。

黒いレザーのベルトが胸や脇、腰、脚の付け根に巻き付き、食い込んでいた。アーサーが昨日、アパートの郵便受けに押し込んでおいた拘束具を、素直に身につけてきたようだ。犬用の首輪もはめている。乳首も肉茎もあらわで、隠すべき場所が隠れていない拘束具を身につけた姿は、卑猥そのものだ。

「もういい。戻せ」

コートの前をぎゅっと掻《か》き合わせ、臨は呻くように言った。

「僕に何を、させる気なんだ……？」

「散歩だ。……ああ、これを渡すのを忘れていた。頭につけろ」

臨の手に、犬の折れ耳が付いたカチューシャを押しつけた。受け取りはしたものの、屈辱に耐えきれなくなったのか、うつむいて震え声をこぼす。

「僕に犬の真似をさせる気か」

「そのとおりだ。犬が好きなんだろう、喜べ」

アーサーが臨を連れていったのは、盛り場の近くにある広い公園だった。ホームレスが大勢住み着いているうえ、ところどころに『痴漢に注意』の立て看板があり、昼間でも女性や子供は寄りつかない。危険で淫靡《いんび》な雰囲気に惹《ひ》きつけられるのか、夜はカップルや売春、覗きに痴漢が出没し、ゆすりたかりや違法薬物の売買まで行われているという噂だ。

アーサーは臨の腕をつかんで公園へ入った。木立で道路からは見えない場所まで連れ込んでから、首輪にリードをつないで命じた。

「コートを脱いで這え」

逆らえば自分が世話をするペットに危害が及ぶという恐怖のせいか、おとなしく臨はコートを脱ぎ、地面に膝をついた。

「それでいい。だが犬としては一つ足りないな」

「え？」

「つけてやるから、尻の力を抜け」

アーサーは尻尾《しっぽ》付きのアナルプラグを取り出し、臨に見せつけた。臨は溜息とも喘ぎともつかない声をこぼして、顔を背ける。拒んでも無駄だとわかっているらしく、そのまま尻をこちらへ向けた。

潤滑剤代わりにジェルを塗ってから、片方の尻肉をつかんで横へ引き、プラグをあてがう。一切慣らさずに、押し込んだ。

「……はぅうっ!!」

臨が悲鳴を上げてのけぞる。腰が動いたせいで、プラグが半分ほどしか入らなかった。むっとしたアーサーは臨の尻を平手で叩いた。ぱぁん、といい音が響いた。

「あぁっ！」

「動いたら入らないだろう」

「だ、だって、いきなりだから痛くて……」

「逆らうな。大声を出して騒いで、人が来たら困るのはどっちだ？　声より、こっちの方が響くかもな」

また尻を叩いた。

「痛い……痛い、ごめんなさい、言うとおりにするから……許して、ごめんなさい」

臨が泣き声をこぼして地面に顔を伏せた。プラグを入れやすいようにするためか、尻は高く上げている。肩の震えは泣いているせいか。

（……昔の俺、そのままだな）

いじめられて、泣きながら理由もなく謝っていた自分の姿が、今の臨に重なる。

復讐できているのだから、もっと満足で心地よい気分になりそうなものだが、心の奥底に太い棘《とげ》が刺さったかのようで、すっきりしない。なぜだろう。まさか、臨のむせび泣く姿を見たくないなどという、そんな甘っちょろい理由ではないはずだ。

（くそっ。とにかく予定どおりに進めよう）

中途半端に刺さっていたアナルプラグを、強引に埋め込んだ。臨はくぐもった呻き声を上げたが、暴れたりはしなかった。

「行け」

命令に従い、つけられた尻尾を振って、臨は遊歩道を這い進み始めた。しかしすぐに短い悲鳴をこぼして足を止めた。

「何をしている、止まるな」

「膝が……小石が当たって痛くて。膝に何か巻かせ……」

「黙れ。犬の自覚がないぞ。黙るか、どうしても声を出したいならワンとだけ言え。……見苦しい格好だ。股の間でブラブラしているものがよく見える」

嘲《あざけ》られて恨めしそうな顔をしたものの、黙って臨は散歩を再開した。だが二分とたたないうちに、再び動かなくなった。もの言いたげにアーサーの方を振り返る。

足を止めた理由はわかっている。少し離れた場所から、話し声が聞こえてきたのだ。

遊歩道から離れた草地に、肩を寄せ合って寝そべる二つの人影がある。カップルがいちゃついているらしい。臨が背を丸め体を縮めたのは、今の格好を人に見られたくないためだろう。立っているアーサーと違い、膝をついて地面に這った臨の体は、低木の植え込みに八割以上隠れていて、向こうからは見えないはずだ。第一、カップルはお互いの姿しか目に入っていない様子だった。

だが植え込みはところどころで切れる。そこを通り過ぎる瞬間に、カップルがこちらへ目を向けたらと思うと、羞恥と不安で前へ進めないのかも知れない。もっともっと恥ずかしい思いを味わえばいい。

面白いので、カップルにまで届く程度に声を張り、臨に命じた。

「どうした、ポチ。ちゃんと歩かないか」

「……っ……」

「言うことを聞かないのか？　ここに止まったままか？」

徐々に声量を上げていったら、観念したように這い進み始めた。恥ずかしいのか、体がわなわなと震えているけれど、足取りは速い。他人の視線がこちらへ向かないうちに、通り過ぎるつもりらしい。

カップルの前を過ぎた。二人はペッティングに夢中で、こちらを見もしなかった。

しかしそのあとは、遊歩道を進んでいっても人の気配がない。これでは臨を緊張させられないと感じ、アーサーは失望した。二日前に下見に来た時は、悪そうな若い男のグループやホームレスを見かけたから、もっと人が多いと思っていたのだ。三十分ほど前に、激しいにわか雨が降ったせいで、人がいなくなったのかも知れない。

(公園をやめて、街の中へ出るか？　いや、だめだ。パトロールの警官なんかに出くわしたら、連れている俺がトラブルに巻き込まれる。臨一人で出歩かせるならともかく……とにかく今日は、公園の散歩だけにしよう。予定外のことをするのは失敗の元だ)

人目がなくてもいい。臨を辱める材料はもう一つ仕込んである。

それが効き始めたのは、さらに二十分ほどたって、もうすぐ遊歩道を一周するという頃合いだった。臨の進むスピードが、急に速くなったのだ。今までは人に見られるのを恐れていたのだろうが、木立が切れる場所や曲がり角へ来ると、顔だけを突き出して様子を見て、アーサーが急かすまで前へ進もうとしなかったのに、焦《あせ》っているとしか思えない足取りになった。

白い尻と、人工の尻尾が左右に揺れる。平手打ちの赤みは、夜風に冷やされてもう消えたようだ。

コートを脱がせた場所が近づいてきた。車に戻るなら、ここが一番近い。

だがアーサーはリードを軽く引いて命じた。

「元気そうじゃないか。だったらもう一周回れ」

「……っ！」

愕然《がくぜん》とした様子で振り向き、臨が足を止める。

「回れと言っているだろう。また尻を叩かれたいのか？」

「違……」

「口を開く時は『ワン』だ。こっちを向いて、少し吠えてみろ。馬鹿犬だと、散歩が延びるだけだぞ」

顔を歪め、臨はアーサーの方に向き直った。命じてもいないのに伏せの格好をしたのは、下腹を見られるのが恥ずかしいからだろうか。

「ワ……ワン！　ワンッ！」

頬を赤らめ瞳を潤ませて、やけくそのように吠える。

「いいだろう。……惨めだな。自分がこんな真似をさせられるなんて、想像もしなかっただろう？」

昔のお前に見せてやりたい——と言いそうになって我に返り、口をつぐんだ。臨が探るような眼差しでこちらを見上げている。何か、感づいたのだろうか。

「行け。二周目だ」

リードを引いて促した。

再び進み始めたが、さっきまでと違って臨の足取りはのろい。一周で解放してもらえるというあてが外れて、失望したのだろう。それ以上に、体が切羽詰まってきたのかも知れない。

さらに半周した頃、臨の這い方がおかしくなった。スピードが落ちただけでなく、内腿をぎゅっと締めて、擦り合わせるようにしている。

「どうした？　もっと速く進め」

急かすと進むけれど、その足取りはのろい。やがて遊歩道の先にタイル張りの建物が見えてきた時、臨は這うのをやめ、振り向いて懇願してきた。

「お願……」

「ワンだろう？　お仕置きされたいのか」

「お、お仕置きしてもいいから、先に、トイレへ行かせてっ……!!」

公衆トイレが見えたら、我慢できなくなったらしい。

「ああ、行きたいだろうな。尻尾をつける時に使った潤滑剤は、利尿剤入りだったたから」

「なっ……よくもそんな真似！」

「文句を言う暇があったら、さっさと這え。それとも道端でしたいのか？」

臨は返事をせず、這う速度を速めた。荒い息遣いが、後ろを歩くアーサーにも聞こえてくる。

（トイレがあると言っただけで、入らせてやるとは言っていないんだがな）

昔、臨にされたいじめと同じだ。

騙されて、音楽準備室に一人で入れられて、戸に外からつっかい棒をされた。臨をはじめとするいじめっ子達の意図は、前の休み時間に準備室に出る幽霊の話を聞かせておいて、アーサーを閉じ込め、怖がる様子を楽しむというものだったのだろう。

しかしアーサーはその時、尿意を我慢して準備室へ行ったのだ。言いつけられた楽器を取ってきたあとで、トイレへ行くつもりだった。それなのに閉じ込められて外へ出られなくなり、我慢しきれずに漏らしてしまった。そのことによって味わった恥ずかしさと惨めさは、十年以上たつ今でもまったくやわらぎはしない。大声で叫び、頭を掻きむしりたくなるほどだ。

今夜は臨に、同じ恥辱を味わわせてやろうと決めていた。

そんなこととは知るよしもない臨は、尿意に耐えて必死に這い進み、公衆トイレの前まで来た。アーサーが何も言わないうちに、男性用のトイレに入ろうとする。

（そうはいくか）

アーサーは強くリードを引いた。臨がのけぞり、絞め上げられた喉を押さえる。

「な、何を……早く、トイレに……」

「あれは人間用だ。お前の入る場所じゃない。犬は犬らしく、その辺で片脚を上げてマーキングしろ」

「！」

臨が大きく目をみはったあと、今にも泣き出しそうに顔を歪めた。最初からアーサーには、自分をトイレに行かせる気などなかったのだと、理解したらしい。だがリードを振り切って逃げ出すパワーはないし、少しでも腹に力を入れれば失禁してしまうはずだ。臨に逃げ場はない。――かつての自分がそうだったように。

膝をついて這った姿勢のまま、腰をもぞもぞさせている臨に引導を渡すべく、アーサーは冷ややかに言い放った。

「さっさと片脚を上げろ。いやなら、ここにリードをつないで朝まで放っておく」

「卑怯、者……っ！」

罵《ののし》る言葉を返してはきたものの、もう限界だったのだろう。地面に這った姿勢で、片脚を地面から離した。

「あ……う、ぅあああぁっ!!」

臨が泣くような声をこぼしたのは、その姿勢の苦しさのせいか、あるいは、人としての尊厳を失った絶望のせいだろうか。

次の瞬間、黄金色の透明な液体が、肉茎の先からほとばしった。

水音はなかなか止まらない。地面に落ちた雫が跳ねる。遊歩道の上にできた水溜まりが広がり、臨の膝を濡らす。

終わった時には、臨は地面に這ったまま、肩で息をしていた。

「……ずいぶん溜めてあったな」

わざと馬鹿にする口調で言い、臨の反応を見た。残念ながら顔を伏せているので、表情は見えない。だが背中が苦しげに震えていた。人前で放尿する恥ずかしさにわなないているのなら、かつての復讐が一つ片付いたといえる。

(今日はこのくらいでいいか。……何時だ、今?)

時刻を確かめるのにスマートホンを出そうと、ポケットに手を入れた。視線が臨から離れた。——その隙を、突かれた。

「……畜生っ!」

羞恥と疲労で動けないと思っていた臨が、飛びかかってきた。屈辱に震えるふりで、反撃のチャンスを窺《うかが》っていたのかも知れない。

払いのける動きは一瞬遅れた。臨を突き飛ばしはしたが、サングラスを撥《は》ね飛ばされ、マスクがずれた。

(しまった……!!)

アーサーの顔がむき出しになった。

地面に倒れた臨が身を起こし、アーサーの顔を凝視した。震える唇から「やっぱり」という呟きが漏れた。

「ファーガソンさん……やっぱりあんたが……なぜだ？」

「……気づいていたのか」

自分の口角が吊り上がって、笑いを作るのがわかった。いつまでも正体がばれずにすむとは思っていなかった。今度は計画の第二段階に進むだけのことだ。

「なぜだ!?　なんのつもりで僕に、こんなひどい真似を……!!」

「騒ぐな。聞きつけて見物人が集まってもいいのか」

「……っ……」

全裸にレザーベルトの拘束具と犬耳カチューシャ、尻尾付きという、自分の格好を思い出したらしい。臨が口をつぐみ、手で下腹を隠して周囲を見回す。羞恥のせいか、夜目にもはっきりわかるほど、頬が赤らんでいた。

正体は知られたが、まだ自分の方が優位にある。

臨は、他人に今の格好を見られることをいやがっているし、体格も腕力も自分の方が勝っているから、つかみ合いになっても負ける心配はない。

アーサーは臨に背を向け、遊歩道から数メートル離れた木立の奥へ歩いた。

「どこへ行くんだ、逃げる気か！」

「そこで喋っていたら、いつ人が来るかわからないぞ。お前のために移動してやったんだ。俺は別に見られても構わない」

「……変態の脅迫者って、ばれてもいいのか」

「お前の格好の方が変態そのものだろう。他人が来たら、俺は『変態のオカマにからまれています、追い払ってもしつこいんです』と説明するさ」

ベンチに腰を下ろして、臨を挑発する。

反論したそうな表情だったが、自分の今の格好を他者に見られたうえ変態の汚名を着せられるよりは、アーサーの言うことを聞く方がましだと思ったのだろう。犬耳付きのカチューシャをむしり取り、臨はアーサーが腰かけたベンチへと歩いてきた。

「座る気なら、尻尾を取った方がいいんじゃないか？　外してやろうか」

「余計なお世話だ！」

臨が自分で体の後ろに手を回した。尻尾を引っ張って、後孔からアナルプラグを抜いたようだ。

「ん、はぅ……っ」

喘ぐ声に、つぷっ、という濡れた音が重なった。わざとニヤニヤ笑いを向けてやると、臨が居たたまれないような表情になった。

アーサーに近づきたくないのか、臨はベンチの一番端に腰を下ろした。背中を丸めて小さくなっているのは、全裸にブーツとレザーベルトという己の格好が恥ずかしいからに違いない。にらんでくる目つきには、屈服の色はなく、怒りが濃かった。平静さを失った表情が心地よい。かつては自分が、いじめられる理由がわからずに動揺し、臨はその様子を嘲笑混じりに観察していたけれど、今、立場は逆転した。

しかし臨は、いまだに思い出さないらしい。

「どうしてこんなひどい真似……僕が何をしたって言うんだ」

完全な被害者面が気に障る。アーサーは吐き捨てる口調で言った。

「都合よく忘れるものだな。あれだけいじめた相手なのに」

「いじめ？　あんたを？」

「子供の頃にな。お前は巧妙《こうみょう》だった。殴る蹴るなんてばれやすい真似はせずに、クラスの連中を煽って、精神的に俺を追いつめた。しかもその前に、孤立していた転校生の俺に優しくして仲良くなっておいて、油断させてから突然裏切った。大した策士だよ。小学四年生であれだけ知恵が回るなんて」

「四年生……」

具体的な年齢が出て、ようやく思い当たったらしい。臨はベンチから立ち上がり、アーサーの顔を正面から覗き込んで、信じられないように首を振った。

「まさか、そんな……だって、年が」

「ああ、そうか。契約の必要事項に書き込んだ時は、五歳ほどごまかした。他人のふりで、お前が当時のことをどう思っているのか、探ってみたかったんだ。成長期を境にして虚弱体質が治ったのをきっかけに、鍛えて体格がよくなったし、日に焼けて髪の色も変わった。おかげでお前は、まったく気がつかなかった。いや、俺のことなどすっかり忘れていたのかな？」

「じゃあ……ほんとに、亜佐斗……？」

アーサーの日本名を震える声で口にしたあと、自分の格好を思い出したのか、声にならない悲鳴をこぼして臨は地面にうずくまった。目の前にいるのがかつていじめていた相手だと理解したら、改めて今の姿が恥ずかしくなったらしかった。顔を上げ、もう一度アーサーの顔を見て呟く。

「眼が……昔の、亜佐斗の眼の色だ。ほんとに、伊沢亜佐斗なんだ。そういえばアメリカでは別の名前を使ってたって、話してたっけ」

「伊沢は死んだ父の姓だ。今はアーサー・ファーガソンと名乗っている。……今更恥ずかしがって体を隠すこともないだろう？　さんざん見たあとだ。まあ、隠したければ隠せばいい。俺にはあの頃のお前と違って、手足を押さえつける仲間がいないしな」

教室で無理矢理脱がされて晒し者にされたことを、自分は忘れていない。臨が目を伏せ、途切れ途切れの言葉をこぼした。

「わ……悪かったと、思ってる。亜佐斗がいなくなったあとで、ひどいことをしたって、後悔してたんだ」

地面にうずくまりうなだれた姿は、真摯《しんし》な謝罪にも見える。

（……逆ギレしてくると思っていたんだがな）

被害者の心に一生残る傷であっても、加害者にとっては思い出にさえならない些細《ささい》な出来事——よくあることだ。脅迫しレイプした犯人が自分で、動機は過去のいじめだったと知ったなら『ずっと昔のことなのに』『今更復讐してくるなんて、意味がわからない』ぐらいの罵倒《ばとう》を投げてくるものと考えていた。

（いや、信用できない。子供の頃でさえ、臨は演技派だった）

うつむいて肩を震わせ、実は舌を出して笑っていたとしても不思議はない。

「でたらめを言うな」

「嘘じゃない、本当だ！　あの頃の僕は、その、平静じゃなかった。つい夢中で行動をエスカレートさせてしまって……僕が亜佐斗に、甘えすぎてた。なんでもぶつけていいなんてこと、あるわけなかったのに」

引っかかりを感じる物言いだ。しかしこのあとに続いた臨の台詞で、アーサーの頭からその違和感は消し飛んだ。

「亜佐斗が何をしても怒らなかったから、止まらなくなったんだ」

なんという言い草だろう。謝るふりをして、結局は被害者の自分に責任を押しつけようというのか。冷静さを保とうと思っていたのに、怒りに体が熱く燃え上がる。

「俺のせいにする気か。理由もなしに俺をいじめのターゲットにしておいて、よく言う」

「理由もなしに？」

臨はおうむ返しに呟いて、瞳を見開いた。

「なるほど。俺にはいじめられて当然の理由があったと、お前は言うんだな。ハーフで、クラスで一人だけ年上なら、いじめの対象になって当然だと思っているわけだ」

反射的に飛び出した声は、自分でも驚くほど冷たい。

「そ、そうじゃない、違う。そのことじゃなくて、僕が理由って言ったのは……ううん。なんでもない。亜佐斗は悪くない。あれは、僕の八つ当たりで……その、ごめん！」

弁解する臨の口調は、しどろもどろだ。その場の思いつきでごまかして、殊勝《しゅしょう》な台詞を組み立てているとしか思えない。

（……そうか。子供の頃と違って、今は俺の方が社会的にも体力的にも勝っている。動画をネットに流されたくないという弱みもあるだろう。だから反省したふりで媚びを売っておこうというんだな）

アーサーが無言でいると、臨はいきなり額を地面に擦りつけた。

「ごめん。許してくれなんて言えない、僕は本当にひどいことをした。ごめん。脅迫もレイプも、あの頃僕がしたことへの仕返しだったんだね。……あの時のことは、どうやって償えばいいのかわからないけど、でも、償いたい。どうしたらいい？　なんでもするから言ってくれ」

こんな惨めな臨は、自分の知っているあのいじめっ子ではない。

愛らしい顔立ちに似合わない高慢さ、残酷さに気圧されていたからこそ、自分は三つも年下の子供にいじめられていたのだ。こんな惨めな臨を見せられたら、あの頃の自分が一層情けない存在に思えてしまう。

（いや、これも演技か？　だったらどこまで後悔したふりが続くか、見せてもらおう）

アーサーは靴先で臨の頭を突いた。

「どうしたらいい、だと？　詫び方を考えるのが面倒で、俺に思案させようというのか」

「そうじゃないんだ、亜佐斗、僕は本当に……!!」

「その名で呼ぶな。お前にされたことを思い出して、うんざりする」

「ご、ごめん……」

「お前と押し問答していても時間の無駄だ。……なんでもすると言ったな、させてやる」

もう一度臨の頭を軽く蹴り、命じた。

「くわえろ。俺が満足するまでしゃぶるんだ」

何を、と言わなくても意味は通じたらしい。臨は諦めたような溜息を一つこぼし、ベンチに大きく脚を開いて座ったアーサーの前へと、にじり寄ってきた。細い指がズボンのファスナーを下ろす。奥を探ってつかみ出した、まだ生気のない牡を、捧げ持つように掌で支え、躊躇なく唇を当てる。

「……っ」

臨の唇はやわらかく、しっとりと温かい。唇が触れる直前に吐息がかかって、アーサーは不覚にも呻きそうになった。声を出すのはこらえたが、牡がびくっと震えるのまでは止められない。

(くそっ……こいつの口でこうも簡単に、感じてしまうなんて)

あっさり反応した自分を臨が嗤っているのではないか、そんな想像が湧いて臨の顔を見つめたけれど、自分を嘲る気配はない。長い睫毛が邪魔して瞳は見えないものの、自分自身の罪を意識しているかのように、頬のラインが硬くこわばっていた。

柔らかな唇が牡の先端に向かって這う。濡れた舌がすべり出てきて、笠の裏を舐めた。尖らせた舌先で、裏側をほじるように舐める。

「うっ……」

快感のあまり、我慢しきれずに声が出たのが悔しい。髪をつかんだ手に力を込め、荒っぽく臨の頭を揺さぶった。

「……ぬるいんだ。手を抜くな」

「むぐっ!?」

イラマチオをさせるのは初めてで、加減がわからない。牡が喉の奥を突いたせいか、臨が苦しげな声を上げた。構わずにアーサーは臨の頭を前後に揺すった。

柔らかな唇が牡をしごく。濡れた舌は、頭の揺すり方次第で、どこに当たるかわからない。鼻孔からこぼれる温かい息が竿の根元をくすぐる。すべてが心地よくて、アーサーの牡は臨の口中で、硬く熱くいきり立った。あふれ出した先走りが臨の唾液と混じって、牡を濡らし、快感を倍加させる。

だが肉体的な快感以上に、精神的な興奮が大きい。

「ん、ぐぅっ……ん、むっ……ぅ」

臨の歪んだ表情と、苦しげな喘ぎ声が、アーサーを昂ぶらせた。気づけば、臨にくわえさせた牡は限界まで張り詰め、息遣いは荒く激しくなっている。脇や背中に汗がにじむ。

「ぐ……っ、ぅう……」

臨が呻く。長い睫毛が濡れているのは、髪を引っ張られ喉を突かれる苦痛のせいか、それとも口淫を強要された屈辱か。臨の頬を涙が伝うのを見た瞬間――限界がきた。

「くぅっ……!!」

快感が液体となって、牡から一気にほとばしり出る。

精液の熱さと苦さに驚いたか、臨がのけぞった。射精した瞬間に、髪をつかんだ力がゆるんでいたのか、臨の頭が自分の手から離れた。じゅぷっ、と濡れた音をたてて牡が口から抜ける。

(逃げられる……!!)

だが臨は、立ち上がって逃げ出そうとはしなかった。両手で口を押さえ、軽く仰向く。喉が鳴る音が聞こえた。口中に自分が放った精液を飲み下したのだと気づいて、アーサーは動揺した。

(あんなもの、どうして飲み込む気になれるんだ)

まだ童貞だった頃、自慰行為で出した液を、好奇心から指先に付けて舐めてみたことがある。渋苦くて、粘っこさが不快で、舐めようと思ったことを深く後悔しながら、何度も口をゆすいだほどだ。

それなのに臨は、自分が命令もしないうちから飲み下した。

(慣れているんだ。……誰を相手に?)

アーサーの胸の奥で、どす黒い怒りが渦を巻き、嗜虐的な気持ちへと変化する。

臨の肩を乱暴に押して、突き転がした。

痛そうな呻き声をこぼして半身を起こした臨が、なぜと問うような眼で見上げてくる。

「お前、悦《よろこ》んでいるんだろう。何も言わないうちから飲み下すとは思わなかった。口元にまだ付いている。いや、付けてるのか？」

「違……!!」

顔を赤らめ、臨は口元に付いた精液を拭う。うつむいて「その方がいいと思って」と呟いたが、本心かどうかはわからない。もっと傷つけるにはどう言えばいいかと考えていた時、臨が視線を上げた。

「信じてもらえなくても仕方ないけど……僕は、なんだってするよ。どんなことでも、どんなやり方でもいい。気がすむようにしてくれ」

真剣な口調と眼差しにたじろいだ。しかしすぐに思い直した。

（なぜ俺が怯《ひる》まなきゃならない。また臨の術中《じゅっちゅう》に陥る気か、俺は）

子供の頃から臨は芝居が上手だった。自分へのいじめを巧みに、単なるふざけ合いに偽装し、教師をはじめとした大人の目をごまかした。アーサーに対して優しく気遣う様子を見せ、これでいじめが終わるのか、明日からまた仲良しに戻れるのかと期待させておきながら、罠を仕掛けてもっとひどいいじめに持ち込み、絶望させたことも数えきれない。

演技だろうと警戒していたはずが、つい騙されそうになる。

（気をつけなければ……涙ぐんで頭を下げればすむと思われているんだ。そこまで甘く見られている）

臨に軽んじられている——そう思うと、怒りを通り越し、憎悪が湧き上がってくる。

（許さない。こいつの『後悔しています』なポーズをぶち壊して、芝居をする余裕をなくさせて、もうやめてくれと泣きわめくまでいたぶってやる）

アーサーは心の中でそう決意した。

5

「はっ……ぁ、あぅっ！　あ、ぁ……っ」

寝室の空気を、臨の甘い喘ぎが震わせる。

髪を振り乱し、腰を揺すって身悶える姿を、アーサーはベッドに仰向けになって、見上げていた。

「もっと動け。怠《なま》けるな」

「んっ……ま、待って、ちゃんと、するから……ぁ」

臨がなお一層激しく腰を振る。粘膜が牡を包み込み、こするのが、たまらなく心地よい。

それ以上にアーサーを昂ぶらせるのは、騎乗位で自分に奉仕している臨の表情だ。

目を閉じて眉根を寄せ、顎をがくがくと揺らし、汗を振りこぼしつつ喘ぐ顔は、普段の控えめな様子とは打って変わって、動物的な艶めかしさに満ちている。初めて犯した時は臨に目隠しをさせていたから、この表情を見ることができなかった。

征服感を満喫できる。

正体がばれた時から、臨はほとんど毎晩マンションに通い、アーサーに奉仕していた。

かつてのいじめっ子の面影《おもかげ》はまったくない。

（本当に心から、反省しているのか……？　いや、まさか。理由もなく俺をいじめ抜いたんだぞ。それにあいつ、犬のことにかこつけて訊いた時には、『いじめに関わったことはない』ってはっきり否定したじゃないか。それも、にこにこ笑って……あの時は俺が誰か気づいていなかったにしても、反省していたのなら、もっと違う答え方をしたはずだ）

今もうわべだけを取り繕《つくろ》って、演技しているのに違いない。もっともっと、恥辱にまみれさせてやらなければ、復讐にはならない。

とはいえ、こんなやり方でいいのかどうか、よくわからなかった。

いじめの中で、自分にとって一番つらかったのは『解剖』だった。そのことと、自慰をネット中継したあとホテルで犯した時に、臨が弱音を吐いたのを手がかりに、性的な方向でいたぶり続けているけれど、

「やぁっ……あ、当たる……っ！　そこ、だめぇっ……!!」

よがり声を上げて腰を振りたくっている姿を見ると、ダメージになっているのかどうか疑わしい。

今日は、『自分はまったく動かないから、またがって動いてイかせろ』と命じてある。制限時間内にできなければ、罰を与えると宣告したせいか、臨は積極的だった。最初のうちは、表情を見られるのを恥じらうかのように、顔を背けていたが、腰を落として牡を後孔に埋め込んだあとは、我を忘れたらしい。今は甘い声だけでなく、口の端から唾液まで

こぼして、喘いでいる。

「ん……はぅっ……ぁ、ああんっ……!!」

汗に濡れた顔が艶めかしい。硬く勃ち上がった肉茎が、臨の動きに合わせてはずむのが見える。

色っぽすぎて、見ているこちらが昂ぶって、下手をすれば先に達してしまいそうだ。

(……俺は臨に奉仕させているのか、それとも喜ばせているだけか?)

今回のように自分に奉仕させることも多いけれど、それだけでは、復讐としてはぬるすぎる。臨を恥辱にまみれさせたい。

一対一で犯すだけではこたえないのかと思い、もう一度集団痴漢をさせてみたこともある。だが本番はなしで触るのみという条件を守らずに、臨を犯そうとした者が出たので、中止した。臨のスマートホンから『緊急警報、緊急警報』という機械音声を最大音量で流して、痴漢達を怯ませた。

輪姦させるのは、自分が臨の体に飽きたあとと決めていた。性病をうつされては困る。本番なしでも病気をもらわないとは限らないが、可能性は少なくなるだろう。

前にもしたように、自慰行為のインターネット実況中継もやってみた。今回は顔を隠す物を使わず、自分がカメラを持って『首から下だけ映す』という形で撮影した。

前に実況した時とは違って、臨は瞳を潤ませ、全身を真っ赤にほてらせて、震えているようだった。アーサーの気分によっては顔が映されるという、緊張感のせいだろうか。あるいは撮りながらアーサーが『この状況で勃つのか、淫乱』『閲覧数が跳ね上がっていくぞ、嬉しいか？』『エロい台詞でも言ってサービスしろ』などの言葉を使って、辱めたせいか。

臨が恥じ入っている姿を見るのは、楽しかった。顔は結局、映さなかった。一度ネットの世界に流れた画像はどこまでも拡散していく。羞恥に涙ぐむ臨の顔を見るのは、自分一人でいい。——今はまだ、独占していたい。

ネットでの中継は、その時限りになった。顔出し画像がなかったことを知った臨が、とんでもない勘違いをしたせいだ。

『ありがとう、顔を映さないでくれて。優しいところは変わらないね』

言われた瞬間、全身に鳥肌が立つほどの怒りを覚えた。

顔を入れた映像を流さなかったのは、今後の切り札として使うためだ。顔が映った状態の痴態動画を流すと、もう臨に怖いものはなくなり、開き直ってしまう可能性もある。支配するには、不安と羞恥で縛らねばならない。

気がすむまで復讐したら、仕上げとして臨の顔出し動画をインターネットに流そう、そう考えている。今はまだその時期ではない、それだけのことだ。

なのに『優しい』と勘違いされてはたまらない。

抱く時には、いたわる言葉など一切かけず、臨が泣きながら『待って、許して』と懇願しても耳を貸さずに、責め続けた。

今日もそうして、騎乗位でひたすら臨に奉仕させている。

「……あぁっ！　はぁっ、ぅ……あ、あああぁーっ!!」

上で動いていた臨が、大きく背をそらせて悲鳴を上げた。ぴんとそそり勃って震えていた肉茎から、半透明の液体が弧を描いて飛ぶ。臨の射精は四度目か、五度目か。もうさらさらの液しか出ないらしい。

達した瞬間、臨を貫く牡は凄まじい力で締め付けられた。

「くっ……!!」

締め付けだけなら耐えられたかも知れない。

だが絶頂の余韻に酔う臨の、汗に濡れた肌の艶や、快感に霞んだ瞳が、視覚から快感を煽り立て、増幅する。さらに、臨の口端からあふれ出た唾液が一滴、鳩尾あたりへ落ちてきた。――汗とは違う、ほんの少しとろみのある液体の感触だ。

それを肌に感じた瞬間、アーサーは耐えきれずにほとばしらせた。

（しまった……制限時間を過ぎるようにして、何か罰を受けさせるはずだったのに）

悔しいが、意に反して射精させられてしまった。

臨は自分の上にまたがったまま、

「あ、あ、ぁ……」

喘いで体を何度も震わせている。後孔は、アーサーの最後の一滴まで絞り取ろうとするかのように、びくびくと痙攣し続けていた。それだけならいいが、臨は精も根も尽き果てたように、自分の上へ覆いかぶさってきた。

「……重い。どけ」

「あっ……ご、ごめん……」

体に力が入らないのか、臨はずり落ちるようにして自分の上からどいた。横に座り、枕元のウェットティッシュを取って、まずアーサーの体を拭き始める。自分の体の方が汗と精液で汚れているのに、そちらは後回しだ。

「いいから、ティッシュをよこせ。お前は自分の体を拭け。いや、いっそシャワーを浴びてこい」

「あ……ありがとう」

本心からホッとしたような顔で礼を言われ、アーサーは苛立った。臨の負担を減らすために、自分で自分の体を拭こうと思ったわけではない。臨の、どろどろに汚れた肌から体液が落ちるのがいやだったからだ。シーツなら洗濯できるが、カーペットに精液が垂れてはあとが厄介だ。それだけだ。

そのことを言い、臨にシャワーを浴びるよう命じて、浴室へ追い払った。自分の体を拭い、下着とパジャマのズボンをはいて、汚れたシーツを引っ剝がして丸めていた時、臨が戻ってきた。

「あっ……片付けなら、僕が」

「余計なことをするな。お前はただの便所だ。こっちの用はすんだんだ、帰れ」

「……」

「媚びを売って許してもらおうなどと思っても、無駄だぞ」

「そんなんじゃ……ううん、ごめん。今日はもう帰る」

部屋を出ていきがけに、臨は振り向き、小声で言った。

「あの……ありがとう」

「何？」

状況にそぐわない台詞に、アーサーは眉をひそめた。問い返されたことで、会話まで拒絶されたわけではないと感じたのか、臨が微笑する。

「僕を抱くのは亜佐斗……じゃない、アーサーだけだもの。僕は昔、クラスのみんなを巻き込んでいじめた。その復讐なのに、他の男には僕を抱かせない。……もっともっと、僕をいじめていいんだよ。一人だけなのって嬉しいけど、でも、昔の罪を償ってるっていうより、愛してもらってる感じで……心苦しい。僕は本当にひどいことをしたのに」

思い上がるな――そうどなりつけたかったが、怒りのあまり声が出てこない。きっとひどく険しい目つきになっているだろう。

(愛してもらってる、だと……冗談にも程がある)

今まで他の者に臨を抱かせないよう計らっていたのは、病気持ちがいては困るからだ。臨を介して性病をうつされたくない。自分が臨の体に飽きたら、誰にでもいいから強姦、いや、輪姦させてしまおうと思っていた。

そのことを臨に宣言しておくべきだったのだ。手ぬるい真似をしていたせいで、勘違いされてしまった。

(……もういい。こんな勘違いを得々と語られるくらいなら、誰にでもくれてやる)

まだしばらくは自分自身で臨を嬲るつもりだったけれど、計画変更だ。

「待て、臨。まだ帰るな」

「え？」

「予定変更だ。望みどおりにしてやる。俺一人じゃ物足りなくて大勢に輪姦してほしい、そういうことなんだろう？」

「そ、そんな！　そういう意味じゃ……」

こちらへ二歩戻って反論しかけたけれど、結局臨は言葉を切ってうなだれ、哀しげな口調で呟いた。

「わかった。僕は、何をすればいい？」

顔も声音も苦しげで、見ているこちらが切なくなる。臨はもしや、昔のいじめを本心から反省して、償おうとしているのだろうか。

（……いいや、違う。十三年前を思い出せ、騙されるな。単なるポーズだ。なぜ俺はすぐに、信じてしまいそうになるんだ？）

脅迫材料になる、痴態の動画や画像を取り戻すまでは、殊勝ぶった態度を続けようというのだろう。まったく反抗してこない臨の態度が、逆に神経を逆撫《さかな》でしてくる。

（もういい。こんな奴、ホームレスにでもチンピラにでも輪姦されてしまえばいいんだ）

まだ計画を練っていた段階だけれど、実行すると決めた。トラブルがあったところで、痛い目に遭うのは臨だ。

一時間後、アーサーは臨を夜の公園に連れ込んでいた。

先日、臨を犬扱いして散歩したのとは別の、繁華街に近い場所にある小さな公園だ。

公衆トイレの男子用個室に臨を連れ込み、ズボンと下着を下ろすように命じる。冷え込むので、上半身の服だけは残してやった。ここで自分を抱くつもりと思ったのか、「こんな場所でなくても」と呟いたものの、臨はおとなしく指示に従った。

その顔色が変わったのは、アーサーが手錠を取り出してからだ。

「待っ……そんな物使わなくても、抵抗しないから！　どんな格好でもするし、手でも口でも……」

「勘違いするな。お前の相手は俺じゃない、さっき言っただろう」

手錠を配水管に回して、両手首を拘束した。プラスチックでできた玩具だけれど、引っ張ったぐらいでは外れない。洋式便器の上に身をかがめた姿勢だから、ドアを開けて入ってきた者はまず、臨のむき出しになった尻を見ることになる。

仕上げに、油性ペンで臨の尻に字を書いた。

「やっ……くすぐったいっ。な、何……」

「ただでヤらせるのはいやだろう？　一発百円と書いたんだ。……通報されたら面倒だから、時間を限定しよう。今から一時間だけだ。その間に何もなければ、お前に運があるということだ。回収しに来てやる」

「……」

時間の短さに安堵《あんど》したのか、あるいは百円という安さに屈辱を感じたのか、臨が溜息をつく。安心させてから絶望させる意図で、アーサーは付け足した。

「俺はどこかでコーヒーでも飲んでくる。ついでにホモ御用達《ごようたし》のサイトに、『○○公園の男子トイレでプレイ希望』と書き込んでおこう。写真も付けて」

「そ、そんなっ……待って！　行かないで、待ってください……!!」

呼び止める声を無視して、便器に拘束された臨の姿を撮影し、トイレを出た。

本当にカフェへ行く気はない。近くに停めた車に戻り、隠しカメラの画像を見るつもりだった。自分が近くにいないと思わせた方が、臨は焦るに違いない。

車内でアーサーはアダルトサイトに書き込みをし、反応を待った。もちろんさっき撮った臨の画像を添付している。臨が身をよじってもがくところを背後から写したので、臨の顔は乱れた髪に隠れて、鼻先と、頬から顎のラインしか見えない。その代わり、『一発百円』とマジックで書かれた真っ白な尻は、はっきり写っていた。

たちまち、「顔も見せて」「ほんとに百円？」「急いで行くけど一時間じゃ間に合わない、延長キボンヌ」などの書き込みがあふれる。

返信は付けずにアーサーはブラウザを閉じ、窓の外へ目を向けた。書き込んで五分もたっていないのだから当然だが、今のところまだ、臨目当てらしい男が来る気配はない。

自動販売機で買った缶コーヒーを飲み干してしまっても、いまだに一人も来ない。

（一時間は短かったか……）

好き者が公園の外まであふれ出ても困ると思い、時間設定を短くしたが、失敗だったかも知れない。

（まあ、どうせ臨には時間を知る手段はないんだから、延長してもわからないんだが……ちょっと待て。なぜ俺は臨に遠慮している？　最初に一時間と言ったからって、一方的に変更して悪いことなどないはずだ。俺をいじめる時の臨は、いつだって一方的だったんだから。『あれをやれば許してやる』『これができたらやめてやる』と言っておいて、言葉どおりにしたことがあったか？）

自分はまだまだ甘い。復讐だなんだと格好をつけても、当時十歳だった臨よりも甘い——そう己を嘲った時、近くでクーペが停まった。ドアが開き、誰か降りてくる。

光が外へ漏れないようにタブレットを伏せ、アーサーはシート深く身を倒した。ルームライトは消してあるし、スモークガラスなので、自分が中にいることはわからないはずだ。

クーペから降りてきたのは、傷んだ金髪をニットキャップからはみ出させ、派手な柄物のシャツを羽織《はお》った男と、シルバーアクセサリーをじゃらじゃらつけたドレッドヘアの男だった。

道路から見える公衆トイレの建物を指さし、ニヤニヤ笑いで何か言いながら、公園へ入っていく。臨を目当てにしてここへ来たのに違いない。

アーサーは深く息を吐いた。

（あいつら、臨を輪姦《まわ》すつもりだ）

自分が募集をかけたのだから当然だ。これで臨は自分の憎悪が本物だと悟るだろう。気遣われている、愛されているなどという勘違いは、捨てるに違いない。

トイレに仕掛けた超小型ビデオカメラが、音声と映像をタブレットに送ってきた。

『うわ、いたよ。マジか』

『こっち向いて。うわ、ビジン！　なんで一回百円？』

『これってさぁ……エイズの世界へようこそ、なんてオチじゃないよな』

『ゴムをつけりゃ大丈夫なんだろ？　とりあえず撮っとこうぜ。超エロい』

『ん……んーっ！』

角度の関係で、臨の表情はうまく映らない。代わりに二人の男の下卑《げび》た笑みと、スマートホンを構える手の動きがよく見えた。拘束された臨の顔から股間まで、舐めるように映している。

（……動画が残るのか）

ちょっといやな気分になった。頭のよさそうな連中には見えない。あとのことなど考えず、ただ面白がって画像をインターネットに流しそうだ。一度流出したら、画像はすぐ世界中に拡散するだろう。

いずれは自分の手で動画を流すつもりだった。しかし他人がそうするのは不愉快だ。

（ただの通りすがりのくせに……あいつらには、俺と臨のような因縁はないのに）

トイレに入っていった二人組だけではない。世界中の誰一人として、自分ほどの憎しみを抱いてはいない。そんな男達が臨を犯すというのか。欲情に濁った無数の目が、臨の痴態を見つめ、自慰の道具に使うのか。

想像したら鳩尾あたりに、重苦しく鈍い痛みが走る。

(なぜだ？　臨がどうなろうと構うことはないはずだ。なぜ俺は、いやな気分になってい る？　別に臨が恥を掻《か》こうが、画像をネタに脅迫される危険を一生背負おうが、どうでも いいはずなのに……少しでも情を感じているのか？　いや、あり得ない)

きっと『自分ではコントロールできない事態』に、本能的な嫌悪を感じているのだろう と結論づけて、アーサーは視線をタブレットに戻した。

「……っ!?」

驚いて腰を浮かせた拍子に、頭が車の天井にぶつかった。

(あいつら、何をしてるんだ？)

アーサーの予想では、インターネットの掲示板で情報を得た男達は、臨をすぐに犯し始 めるはずだった。しかし彼らは拘束を解きにかかっていた。ガムテープを剝がしたり、手 錠のプラスチックチェーンにナイフを差し込み、ねじって壊しているようだ。

もちろん、臨を解放するためではなかった。

『どこでヤる？』

『例の店でいいんじゃね？　カメラも三脚もあるし』

迂闊だった。

掲示板を見てやってきた男達が、書き込み主のつけた条件に従う保証など、どこにもなかった。彼らは臨を公衆トイレで輪姦するのではなく、根城《ねじろ》へ連れていって好きなようにいたぶり、ビデオを撮影するつもりだ。

（畜生、勝手な真似を……）

急いで車から出たところで我に返った。『他の男に抱かせないのは、アーサーが優しいから』という臨の誤解を打ち消すために、公衆トイレに放置して輪姦させることにしたのだ。今、助けに行ったら、臨はますます増長するのではないだろうか。

臨に本当の恐怖と絶望を味わわせるには、むしろ好都合だ。そう自分に言い聞かせて、アーサーは再び車に戻り、シートに体を埋めた。

タブレットの画面を見ると、手錠はすでに壊されてパイプから外されていた。

一人が、臨の脚を便器に固定したガムテープを外し、もう一人は拉致するまで待てなくなったのか、頬や顎を舐め回しつつ、臨の肉茎をしごいている。

『やだっ、やめろ……!!』

『そーいう、抵抗するふりはいいから。やられたいから誘いをかけたんだろ？』

『清純派な顔してビッチなのって、そそるねえ』

『放せよ、放せったら！　いやだ、やめてくれ！』

泣きそうな声がアーサーの鼓膜《こまく》を打つ。なぜかわからないけれど、臨が叫ぶたび、心臓に錆《さ》びた針を突き立てられるような心地がする。胸の鼓動は全力疾走《しっそう》直後のように激しい。

不快な感覚が、血流に乗って全身に広がっていく。

(臨が、あんな連中に輪姦される……)

集団痴漢に襲わせた時にも、よく似た不快感を覚えた。今はあの時の感情より、もっと強く、焼けつくように熱い。

理屈が通らないと思う。自分は臨に復讐しているはずだ。

だが、苦しい。

臨を誰にも渡したくない。今すぐ止めに行きたい。取り戻したい。

(まさか俺は、臨を……馬鹿な、あり得ない。親友だったのに突然裏切って、いじめてきたのは、臨の方じゃないか。第一、復讐のために、他人に痴漢させたり輪姦させたりのお膳立《ぜんだ》てをしたのは俺だ。自分でやっておいて、止めに入るなんて格好悪いことができるか。臨に一層馬鹿にされるだけじゃないか)

相反する気持ちの間で迷う間も、二人組は臨を嬲り続けている。

『おいおい。遊んでないでテープを外すの、手伝えよ。他のヤツが来たら、拉致れなくなるだろ』

『わかった、わかった。……暴れんじゃねえ、耳を引きちぎるぞ！　そんなものなくなっても、ぶち込むのには関係ないんだからな！』

『あぁっ！』

耳を引っ張られて臨が悲鳴を上げる。もう一人の男が止めた。

『それはよせって。おとなしくさせるなら、もっといい手があるだろ。ケツの穴へ例のヤツを塗り込んでやれよ。持ってきたって言ってたじゃん』

『ＯＫ。ちょっと待てよ、確かここに……』

臨が激しく身をよじったが、二人の男が相手ではかなうはずもない。ニット帽の男が臨の両足首をつかんで引きずり上げた。逆さ吊りにして両脚を広げる。ドレッドヘアがチューブを手にして股間を覗き込み、何か言ってげらげら笑った。

臨が泣き叫んだ。

『やめろっ、見るな……やめろよぉ！　もういやだ……助けて亜佐斗、助けて!!』

その瞬間、アーサーは車から飛び出した。

あんな連中に渡すわけにはいかない。臨は自分のものだ。臨に優しいと言われたのが癪《しゃく》に障ってこんな真似をしたけれど、他人に犯させるくらいなら、勘違いされている方が何十倍もましだ。

ガードレールを跳び越え、公衆トイレへと走った。

「臨ーっ！」

アーサーが男子トイレへ飛び込んだ時、男達は二人がかりで臨を抱え上げ、個室から手洗い場へと連れ出したところだった。

「うわっ！」

「な、なんだ……ガイジン!?」

突然の乱入に驚いたのか、手前にいたドレッドヘアの男が、抱えていた臨を落とした。肩と後頭部を床にぶつけ、臨が呻く。

（よくも……!!）

アーサーは無言で殴りかかった。ハイスクールから大学まで続けたボクシングは、体に染みついている。

右ストレートを鼻柱に叩き込んだ。

「ぐふっ！」

男が吹っ飛び、後ろにいたニット帽を巻き添えにして倒れ込む。臨も、放り出される形で床に転がった。

「あ、亜佐斗……っ」

頭を起こした臨が呻く。床に手をつき、懸命に起き上がろうとしている。意識ははっきりしているし、体も動くようだ。

臨を連れて逃げ出そう——そう思った時、床に落ちているスマートホンが目に入った。二人組のどちらかが倒れたはずみに落としたのだろう。自分が駆けつける前に、この連中は臨を撮影していた。画像をネットに流される前に、取り上げて破壊しなければ安心でき

ない。

「臨、先に逃げろ！」

叫んでおいて、床のスマートホンに飛びつき、拾い上げた。

「なんだ、この野郎!?　返せ！」

身を起こしたニット帽の男が、奪い返そうと手を伸ばす。巻き添えを受けて転んだだけなので、ほとんどダメージはないらしい。

「邪魔をするな！」

力任せに蹴りつけた。男がひっくり返る。はずみで洗面台の排水パイプに頭をぶつけ、小さく呻いて、ずるずると床にへたり込んだ。

「亜佐斗……」

壁にすがって立ち上がった臨が、Tシャツの裾を引っ張って少しでも下半身を隠そうとしながら、呼びかけてくる。

「お前は先に車へ戻れ。こいつらに撮影されたんだろう。回収していく」

「それは……だけどやっぱり、早く逃げた方がいいと思うし……」

「だから、先に行け」

それ以上相手をしてはいられない。アーサーはトイレの奥へ行き、へたり込んでいる男の前に身をかがめた。

自分が監視カメラから目を離したのはわずかな時間だ。その間に画像をどこかに転送されていたらどうしようもないけれど、二人組は拘束を外して臨を連れ出すことに夢中だったように見えたから、多分、画像データの転送はしていないだろう。

ドレッドヘア男が、いきなり起き上がって反撃してくるかも知れない。充分に用心しながら、男のブルゾンを探り、スマートホンを探した。ない。中に着ている服には、入れる場所はなさそうだ。となるとズボンか。気絶している男の肩を押して床に転がした。

思ったとおり、デニムパンツの尻ポケットにスマートホンが刺さっている。

これで臨の淫らな姿を撮影したのだと思うと腹立たしくて、今すぐ踏みつけて叩き割ってやりたくなる。だが液晶だけ破壊しても意味がない。持ち帰って、工具で完全に破壊する方がいいだろう。

スマートホンを取り上げて立ち上がり、自分が仕掛けたカメラとマイクも回収しておこうと、奥の個室へ足を向けた時だ。

「……亜佐斗、危ない！」

臨の声が響いた。

ハッとして振り向くと、ニット帽の男が起き上がっていた。右手に持った黒い箱形の物体が、火花を散らして放電している。

スタンガンだ。

「亜佐斗！」

出入り口の近くで、臨が叫んでいる。

「お前は逃げろ！」

「で、でも……一緒に!!」

「さっさと消えろ、邪魔だ！」

どなりつけた。臨は大きく瞳を見開き、何か言おうとするかのように口を動かしたが、結局何も言わず、身をひるがえして走り去った。

これでいい。臨がいたら気が散るし、下手に動かれたら足手まといだ。

ニット帽男は逃げた臨には見向きもせずにアーサーをにらみつけ、じりじりと間合いを詰めてくる。狭いトイレの中では、男の横をすり抜けて外へ逃げ出すのは不可能だ。スタンガンをよけて一発食らわせ、相手を怯ませてから逃げるしかない。

そう思いつつ、後ずさった。――その足が、何かに引っかかった。

「……うわっ!?」

さっきスマートホンを取り上げるため、床に転がした男だ。その腕に靴の踵《かかと》が引っかかったのだ。

よろけた隙を見逃さず、ニット帽の男がスタンガンを突き出してきた。

「……っ!!」

よけられなかった。

胸元にスタンガンが当たる。火花が散る。

「ぐ……‼」

アーサーは床に尻餅《しりもち》をついた。

男が歪んだ笑みを浮かべ、もう一度スタンガンを振りかざす。しかしその時、

「亜佐斗……っ‼」

引きつった臨の声が響いた。一瞬遅れて、ガラスの砕ける音が鳴った。

ニット帽の男が倒れ伏す。

顔を上げたアーサーが見たのは、割れた酒瓶《さかびん》を構えて、肩で息をしている臨だった。

「亜佐斗、無事⁉」

「……なぜ、戻ってきた。逃げろと言っただろう」

「二対一じゃ危ないよ。こいつらがナイフを持ってたの、知ってたし。だから何か、武器が要《い》ると思って、探しに行ったんだ」

戻ってきたのだ。自分の罵声に従って、逃げたとばかり思っていたけれど、違った。臨は自分と一緒に戦うつもりで、武器を探しに行っていたのだ。

（俺は臨を、知らない男達の嬲り者にさせようとしたのに……）

胸が熱くなって、言葉が出てこない。

倒れた男は後頭部を殴られて、今度こそ気絶したらしく、動かなかった。その手に握られているスタンガンに視線を向け、臨が悲鳴を上げる形に口を開く。

「ちょっ……それって、スタンガンだろう!? 感電させられた!? き、救急車……!!」

ガラスの破片が散乱したトイレの奥へ、素足のまま踏み込んでこようとするのを見て、アーサーは慌てて身を起こし、制止した。

「足を切るぞ、入るな。感電はしていない、大丈夫だ。……多分、服のおかげだ」

輪姦されたあとの臨を回収する時に体液で服が汚れるだろうと思い、捨てるつもりで、安物のナイロンジャケットを着てきた。ナイロンは電流を通さない。

今思えば、スタンガンを当てられてもダメージはないのだから、よける必要はなかったのだ。だが自分が何を着ているかまでは思い至らなかった。無駄に後ずさって、よろけたところへスタンガンを当てられ、バランスを崩した。

けれどももし臨が戻ってこなければ、とどめとしてもう一度——今度は首か大腿か、ナイロンジャケットでは保護できない場所に——スタンガンを当てられたかも知れない。そして本当に気絶して、殴る蹴るの暴行を受けていただろう。

(なぜ戻ってきたんだ、臨は?)

臨の立場なら、自分がこの連中に殺されてしまった方がいいはずだ。死なないまでも、重傷を負って入院でもすれば、その期間は脅迫と凌辱から解放される。助けるメリットは何もない。

だがその時、奥にいたドレッドヘアの男が身じろぎするのが見えた。臨に瓶で殴られた男も呻き声をこぼし、頭を起こそうとしている。気絶から覚めかけているらしい。

ぐずぐず考え込んでいる場合ではない。

「逃げるぞ、臨！」

仕掛けておいたマイクとカメラを回収し、臨とともにアーサーは、公衆トイレから逃げ出した。


車に乗っている間から、臨は自分自身の体を抱きしめるようにしてがたがた震えていた。今になって恐怖が蘇ってきたのかと思っていたが、そうではなかったらしい。

マンションの地下駐車場に停めた車から降り、上階へのエレベーターへ向かうわずかな距離を歩くだけでも、脇に腕を回して支えていなければ倒れてしまいそうなほど、臨の足取りはふらついていた。震えているから寒いのかと思えば、顔や首筋からは汗が噴き出しているし、頬が上気して息遣いが荒い。

「大丈夫か、具合が悪いのか？　やっぱり病院へ行くか？」

「平、気……」

「しかし連中が使ったクスリのせいかも知れない。病院で処置を受けた方がいい」

公衆トイレから逃げ出し車に乗り込んだ段階でも、病院へ行くことを勧めた。臨が『怪我はないし大丈夫』と拒んだため、マンションへ戻ってきたけれど、臨の状態は明らかにおかしくなってきている。

それでも臨は聞き入れず、途切れ途切れの言葉を絞り出す。

「大、丈夫……時間がたてば、抜ける。昔、同じの……使われたこと、あって」

「え？」

聞き捨てならない。誰に、どんな状況で薬物を使われたというのだろう。けれども、

「お願い、シャワーを浴びたいんだ……洗い落とし、たい……」

潤んだ瞳で臨に懇願されたら、追及などできない。臨は二人組にさんざん触られたし、トイレの床に倒れ込んだりもした。体を洗いたがるのは当然だ。

自室に戻ったアーサーは、ふらふらの臨をバスルームへ連れていった。プルオーバーとシャツを脱がせ、抱きかかえるようにして浴室に入る。ソックスやズボンの裾が濡れたけれど、構ってはいられない。臨一人で風呂に入れたら、溺れてしまいそうだ。

臨の冷えきった体を温めようと、バスタブの中に座らせ、高めに温度設定したシャワーを浴びせた。体育座りをしている臨の、体の中心から温めるように、首筋から肩、背中へと繰り返し当てていく。

深い溜息をこぼした臨が、上体を起こした。少しは気が落ち着いたのだろうか。

「体は洗えるか？　タオルとブラシとどっちが……臨!?」

唖然とした。膝立ちの姿勢になった臨が、右手を後ろへ回し、指を自分の後孔へ入れようとしたのだ。

「！」

「ど、どうしたんだ、お前」

「出さなきゃ……塗り込まれた、クスリ……少し、でも、掻き出した、方が……」

迂闊だった。臨がシャワーを浴びたがっていたのは、肌についた埃《ほこり》や泥を落とすためではなく、後孔に塗り込まれた薬物を洗い落とすためだった。膝立ちになったのも、指を挿入しやすくするためだったらしい。

だが体に力が入らないのか、すぐにぺたんと座り込んでしまう。左手を伸ばし、アーサーの服をつかんで、哀願の眼差しを向けてきた。

「お願い……手伝って。うまく、できない……」

「……っ……」

たじろいだ。臨は自分に、後孔へ指を入れて薬物を掻き出してくれと頼んでいる。

今まで、復讐として臨を迫害し続けた自分に、そんなデリケートなことを頼むのかという驚きだけでなく、自分に頼まねばならないほど追いつめられているのかという同情と、まだ臨に信頼されているのだろうかという戸惑いで、心が揺らぐ。

それを断ち切ったのは、自分のジャケットをつかんだ臨の、指の震えだった。関節が白くなるほど力を入れて握りしめている。

(……俺のせいだ)

うつむいた臨の細い首筋に、真新しいみみず腫《ば》れが走っていた。自分が付けたものではないけれど、自分のせいだ。臨が今媚薬で苦しんでいるのもそうだ。

シャワーヘッドをフックに引っかけて片手をあけてから、アーサーはバスタブの中に入った。外からでは臨を支えられない。

「立てるか？　俺につかまれ」

腕をつかんで臨を立ち上がらせたが、ふらふらだ。アーサーの服をつかんだ手もすぐに頼りなく離れ、へたり込みそうになる。胸にもたれかからせ、脇から背に腕を回して支え、片手を臨の尻へと回した。

「息を吐いて、力を抜け。……入れるぞ」

水で濡らしただけの指がうまく入るか不安だけれど、潤滑剤を寝室まで取りに行く時間が惜しい。今この間にも、薬物は臨の体に吸収されている。

後孔を探り当てた。触れた瞬間、小襞がきゅっと縮むのが指先に伝わる。「息を吐け」ともう一度囁いて、指先を埋め込んだ。

「ぁふぅ……っ」

臨が喘ぐ。相変わらず、締め付けがきつい。それでも強引に指を進めると、奥の粘膜はとろとろにやわらかく、ねっとりとまとわりついてくるようだ。

今まで臨を犯した時の快感が蘇ってきて、腰が疼く。

（……馬鹿。今はそんなことを考えている時じゃないだろう）

自分を叱りつけた。指先を曲げて、内部を掻き出すようにこすり、何度も指を抜き差しする。こんなことで本当に、塗り込まれた薬物を洗い落とせているのかどうか、不安だ。どのくらいの量を塗り込まれたのかもわからない。公衆トイレから逃げ出してここまで来る間に、吸収された分もあるはずだ。

臨の息遣いは、さっきまでより荒く激しく、そして苦しそうだった。

「大丈夫か、こんなやり方でいいのか、臨？」

「あ……はぅ……」

「臨？」

「あ、熱い……体が、熱いよ……」

自分を見上げてきた臨の瞳は、赤く充血して潤んでいた。頬は薔薇色にほてり、唇は震えていた。

「熱くて、むずむずして……媚薬の効き目、早すぎ、る……」

「やっぱり媚薬だったのか」

「あいつらが、このクスリならすぐ効くって、笑ってたんだ……昔、父さんが僕に使ったのと、同じ名前の、媚薬だった……」

「なんだと!?」

思いがけない言葉に、アーサーは目を剝いた。

(父親が子供に媚薬って……本当なら児童虐待《ぎゃくたい》じゃないか)

しかし問いただす前に、臨がすがりついてきた。

「助け、て……静めて……」

「じ、時間がたてばクスリは抜けるんだろう？」

「何もしなかったら、一日以上、かかるんだ……父さんは、僕が我慢できなくなって、ねだるのを、面白がってた……」

また、父親の話だ。調査会社の報告書にはなかったが、臨は本当に、父親から性的虐待を受けていたのだろうか。数日だけの調査だったから、家庭内の秘事まで探り出すのは無理だったのかも知れない。

「お願い……もっと、指っ、動かして、ぇ……っ！」

臨が体を押しつけながら、艶っぽく潤んだ声で訴えてくる。媚薬を掻き出してくれという意味ではない。そのくらいアーサーにもわかった。

（……まずい）

完全に、勃ってしまった。ズボンの前が突っ張って痛い。臨は自分にすがりつき、腰を押しつけて、動かしている。抱こうとしたなら、喜んで身を任せてくるだろう。

だが今、臨を抱くわけにはいかない。

（臨はクスリのせいでおかしくなっているだけだ。それに俺は……俺がしていることは、本当に復讐か？　度を超してはいないか？　昔のいじめと、釣り合っているのか？）

危険を冒して、自分に加勢しにきた臨――震えながら、割れたガラス瓶を構えていた姿を思い出すと、苦しく、やるせない。自分がしてきたことは間違っていたのではないかという疑念が、心臓に棘を刺す。

「ねぇっ、お願い、もっとちゃんと、動かして……!!　違う、指じゃなくて、アレ、挿れて……ここの、硬いの……っ」

「！」

ズボンの上から、つかまれた。このままだと暴発させるか、臨に誘導されて抱いてしまいそうだ。自分の熱を冷ますか、臨の気を逸らさなければならない。質問内容を吟味《ぎんみ》する余裕はなかった。一番気にかかっていたことをぶつけた。

「臨。お前さっき、父親に媚薬を使われたって言ったな。いつからだ？」

「クスリは……中学の、頃……悪戯《いたずら》は、もっともっと前から……あぁ、どうしよう……これ、誰にも言うなって父さんが……叱られるよ、お仕置きされる……」

媚薬には意識を混乱させる作用もあるのだろうか。父親がすでに死んだことを忘れ、臨は現在進行形で怯えている。

「大丈夫だ、心配ない。叱られないよう、俺がちゃんと言ってやる。だから安心しろ」

「よかったぁ……」

臨は安心したように笑った。子供の頃を思わせる、無邪気な笑みだった。

抱いてくれとせがむ臨を指でなだめつつ、アーサーはあれこれ問いただした。媚薬のせいで口は軽くなっているものの、こちらの質問は臨の意識まで正確に届かず、論理的に筋道立てて話すこともできないようで、詳細はわからなかった。

だがどうやら、父親から性的虐待を受けていたのは間違いないらしい。

そしてアーサーにはもう一つ、どうしても訊きたいことがあった。

「なぜ俺をいじめたんだ？　前の日まで、普通に遊んだり喋ったりしていたのに」

そう尋ねたのは、臨が後孔への刺激で達してしまい、ぐったりと自分の胸にもたれかかっている時だった。

「なぜだ、なぜ俺へのいじめを始めた？」

繰り返すアーサーに、半分眠ったような霞んだ眼差しを向け、臨は呟いた。

「亜佐斗が僕を、見捨てたから」

「!?」

予想もしなかった台詞だ。

「俺が？　いったい、いつ……」

「いいんだ。あれは、仕方ないよ。アメリカまで連れてってほしいっていうのが、無茶だったんだもの。そのくらいわかってる」

アーサーの心臓が、凄まじい速さで搏動を始める。

もしや臨が言っているのは、母方の祖母が病気になって、自分と母が帰米するかも知れないと話した時のことだろうか。

（きっとそうだ。あれは確か……いじめが始まる一ヶ月くらい前だった）

――医者から手術を勧められた母方の祖母が心細がり、『日本から戻ってきて、元気になるまでついていてほしい』と連絡してきた。父だけを日本に残し、母と自分が帰米するかどうか、家族でかなり真剣に話し合った記憶がある。

まだ結論が出ていない時期、臨に、もしかしたらアメリカへ帰るかも知れないと伝えた。あくまで可能性の話だったのだが、臨はひどくショックを受けた様子だった。

『ずっと日本にいるんじゃなかったの……？』

変声期前の細い声が、耳の奥に蘇る。寂しいというより、心細そうな声音だった。

『亜佐斗がいなくなったら、僕、独りぼっちだ……』

あまりに落ち込まれて、アーサー自身は哀しむ余裕がなくなり、臨を慰める側に回った。

『どうしてさ、臨は人気者だし、他にもたくさん友達がいるじゃないか』

『違うんだ。亜佐斗とは違うんだ』

『そう言ってくれるのは嬉しいけど、独りぼっちってことはないよ。臨はみんなに好かれてるんだから。友達だけじゃなくて、優しいお父さんもお母さんもいる。大丈夫だよ』

アーサーが言葉を尽くして慰めても、ずっと落ち込むばかりだった臨が顔を上げて言い出したのは、思いがけない一言だった。

『僕も、連れていってよ』

『え？』

『ここにいたくないんだ。僕を一緒に、アメリカへ連れていって』

いきなり何を言い出すのかと、当惑した。しかし臨は理由を話さないまま、『自分も一緒に行きたい。亜佐斗のお母さんに頼んで』と繰り返すばかりだった。

さすがにそれは無理だと思った。臨は、親友同士離れたくないと言って強く頼めば、一緒に連れていってもらえると思ったのかも知れない。賢いといってもそのあたりがまだ十歳だ。身寄りのない子供なら、また話は違っていたかも知れないが、臨には両親が揃った幸福な家庭がある。

それに自分の家庭は、今は困らない程度の生活はできているけれど、アメリカへ戻って祖母の医療費がのしかかってくれれば、どうなるかわからない。母に頼むには、あまりにも子供じみて無茶な願いだと、十三歳のアーサーは思った。

『無理だよ……いくらなんでも、無理だ』

そう答えた時、臨は再びうなだれて、ぼろぼろと涙をこぼした。

結局、二日後には祖母が快復し、手術は必要なくなったという知らせがきた。さらにアーサーの従姉《いとこ》にあたる女性が、しばらく祖母の家で暮らし、通院や日常生活の世話をすることに決まったので、アーサー達が日本を離れる必要はなくなったのだが——。

あの時のやり取りが、臨の心を傷つけたというのだろうか。

「見捨てたって……臨、お前、そんなに、俺と離れるのがいやだったのか？」

「そうだよ、一緒にいたかったよ。助けてほしかった……亜佐斗に、連れて逃げてほしかったんだ。なのに亜佐斗は僕を見捨てた。おまけに、僕の逃げ場をなくして追いつめた」

「追いつめたって……何が？」

「僕が父さんから逃げられなくなったのは、亜佐斗のせいだ。ひどいよ。友達だって思ってたのに……あんなこと、喋るから……だからみんなに言って、いじめを始めたんだ。亜佐斗が悪いんだ……違う、亜佐斗のせいじゃない、知ってる。でも……」

ともすれば倒れ込みそうな臨の体を支え、アーサーは茫然《ぼうぜん》とした。

6

　シャワーのあとは疲労か薬の副作用か、臨は溶け崩れるように眠り込んでしまい、アーサーが寝室へ運んで寝かせても、まったく目を覚まさなかった。起きたのは、翌日の夕刻だ。ベッド脇の椅子に腰を下ろして見守るアーサーに目を向け、二度三度と瞬きした。

「ここ……亜佐斗の、部屋……？」

「半日以上眠っていたんだ。気分はどうだ？」

　体調を崩して、熱を出したりしていないだろうか。臨の額に手を当ててみた。ひんやりと冷たい。大丈夫だ。「熱はないな」と呟いて手を引こうとしたら、臨が「あ」と小さく驚きの声をこぼして、手の甲を見つめてきた。

「怪我をしてる」

「多分、殴った時にな。あいつら、鼻にピアスをつけていたから、引っかけたんだろう。もう乾いているから、大丈夫だ」

　素手で顔面を殴れば、歯が手に当たって怪我をしたり、最悪、頭蓋骨《ずがいこつ》の頑丈《がんじょう》さに負けて指を骨折することもある。そうわかっていながら、怒りにまかせて顔を殴った。浅い切り傷ですんだのは幸運だ。

「痛かったよね……僕のために」

臨がアーサーの手を取り、乾いた傷に唇を当てた。

(……っ!?)

心臓が跳ねた。何度も臨を抱いているのに、こんな淡い接触で、胸がどきどきして顔がほてる。犯していた時には感じたことのない、甘くて切ない感覚だ。

「やめろ、馬鹿」

ことさら冷たい口調で言い、手を振り払った。それでもまだ、臨は感謝の眼差しを向けてくる。

「昨日助けてくれただけじゃなくて、介抱もしてくれたんだね、ありがとう。僕、ずっと寝て……えっ、半日!? 亜佐斗、仕事は!?」

「休んだ。お前の勤め先にも、高熱で出られないと連絡しておいた」

「……ごめん。迷惑ばかりかけて。もう、帰るよ。邪魔してごめん」

身を起こそうとしたが、上体を保持する力さえないのか、臨は勢い余って前へ倒れかかった。アーサーが慌てて手を差し伸べ、座り直させた。「ありがとう」と呟いてから臨は、自分が着ている、大きすぎるパジャマに視線を落とす。

「これ、亜佐斗のだよね」

「お前の服は洗って乾燥機に入れた」

「ごめん……面倒ばかりかけて」

「いちいち謝るな。それに、そんな体調で帰せるわけがないだろう。もう少し体力を回復してからだ」

「でもこれ以上迷惑をかけられないから……」

「だめだ」

強い口調で叱りつけたら、臨がうなだれた。

「ごめん……亜佐斗の言うとおりにしなきゃならないんだった」

言い方が腹立たしい。体調を純粋に心配して、ここでもうしばらく休むよう言っているのに、『仕方がないから従う』的な言い方をされると傷つく。

「昨日はそうでもなかったがな。俺が逃げろと言ったのは聞こえたはずなのに、無視してトイレへ戻ってきただろう。なぜだ？」

「二対一じゃ亜佐斗が危ないと思って。あいつらがナイフを持ってたの、見てたし。僕は喧嘩《けんか》なんか全然できないけど、なんでもいいから、役に立ちたかった。……言うとおりにしなくて、ごめん」

あの時臨が来て、スタンガンを持った男の後頭部を殴らなかったら、危なかった。臨のおかげで助かったが、危険な行動だった。自分が素性《すじょう》を明かして以来、臨の態度はあまりにも献身《けんしん》的すぎる。

自分の復讐は果たして正当なのだろうか。

今までは、裏切られ、一方的にいじめられたと思っていた。

けれども昨夜の臨の言葉からすると、もっと深い事情——いじめにつながる原因があったのではないだろうか。それもアーサーが何かやらかしたのに、当の自分は綺麗に忘れてしまっているらしい。思い返せば臨には、今までにもそれを匂わせる言動があった。何か隠している。

眠り続けている間に、臨の体から媚薬は抜けたようだ。今日こそ徹底的に問いつめて、臨が隠していることを聞き出さねばならない。

とりあえず何か腹に入れるようにと勧め、ダイニングのテーブルに食事を並べた。胃にこたえないようミルクを多めに入れたコーヒーと、買い置きのパンをトーストしてバターを塗っただけの組み合わせで、軽食とも言えないレベルの食事だが、半日以上絶食していた臨の胃には、あまり大層な皿数でない方がいいだろう。

食べる間、臨はほとんど口を開かず、視線も合わせなかった。

アーサーは黙って、臨の様子を見守っていた。再会したばかりの頃に比べて、少し痩《や》せただろうか。もともと細身の体つきだけれど、さらに肩や胸の肉付きが薄くなった気がする。半日以上眠り続けたあとでも、目元や、頬から顎への線に、疲労の気配が残っているのを見て取れる。精神的な疲れは、眠りだけでは消えないのだろう。

それほどに臨を追い込んだのは、やはり自分だろうか。

トーストを半分残して臨が食事を終えたあと、アーサーは話を切り出した。

「改めて訊きたい。……なぜ昨日、戻ってきて俺を助けた？　あの連中に俺が殺されるか、せめて大怪我でもすれば、お前は楽になれたんだぞ。そのぐらい、わかっていたはずだ」

「思いつかなかったよ、そんなこと。亜佐斗が心配で……あ、ごめん。この名前で呼ばれるの、いやだったんだよね？」

「そんなことはいい」

以前なら、昔のいやな記憶がまざまざと蘇りそうで、臨にこの名前で呼ばれたくなかった。今は違う。臨に助けられた昨夜からは特に、拒絶反応がやわらいでいる。呼び方などどうでもいいから、話を聞きたい。

「俺を心配したとしても、お前自身が引き返してくる必要はなかった。警察に連絡すれば、それですんだはずだ」

不意打ちが成功したからいいようなものの、そうでなかったら、あの二人組は最初の予定どおりに臨を拉致していき、輪姦したり、動画を撮影したりしたに違いない。

そのことを指摘したアーサーに、臨は困ったような笑みを浮かべて首を横に振った。

「間に合わないよ。警察なんて、本当に困ってる時には何もしてくれないんだ。全部終わって騒ぎが収まってから、のそのそやってきてさ」

「それは父親に虐待された時の経験か？」

「……っ……」

「昨日、シャワーの時に言っていた。父親から性的虐待を受けていたと……媚薬を使われたりもしたとか」

「そんなことまで喋ったんだ、僕は。何か、言っちゃったなとは思ったけど」

媚薬に酔っていた間の記憶は曖昧らしい。

「この際だ、何もかも話せ。いや、話してくれ。お前が隠していることを全部。昨日言っていただろう、俺がお前を追いつめたと。なぜ隠していたのかは知らない。でもお前のことだ、俺が傷つくと思って言わなかったんじゃないか？　本当のことがわからないのは苦しい。すべて教えてくれ。頼む」

そこまで言っても、臨は顔を背けて目を合わせようとしない。

「……聞いているのか？　俺は……」

苛立ち、腕を伸ばして臨の肩をつかまえ、揺さぶった。臨がこちらを向く。その頬を透明な雫が伝い落ちているのを見て、はっとした。

「臨……？」

「……違うんだ。亜佐斗を傷つけないためなんかじゃない、僕はそんなに立派な人間じゃない。軽蔑されると思って、言えなかっただけなんだ。父さんと、いやらしいことをしてるなんて、絶対知られたくなかった……でも、ばれちゃったね」

静かに涙を流しつつ、臨は呟く。

アーサーは椅子から立ち上がり臨のそばへ歩いて、震える細い肩を抱いた。

「お前は何も悪くない。被害者だ。悪いのは父親じゃないか」

「亜佐斗は何も知らないんだよ。僕は、人殺しなんだ」

「なんだと!?」

「父さんを、殺した……」

涙が臨の頬をこぼれ落ちた。体を支える力さえなくなったかのように、臨の体が傾《かたむ》く。

アーサーが肩を抱いていなければ、床へ倒れていたかも知れない。

とんでもない告白を聞いて愕然としたものの、すぐにアーサーは調査会社の報告を思い出した。臨の父親は病死だ。

じっくり長時間話すには、ダイニングの椅子は硬い。場所を移そう。

アーサーは臨を支え、リビングルームのソファまで連れていった。自分も隣に腰を下ろしてから、先ほどの告白を反芻し、疑問点について問いかける。

「お前の父親は病死じゃないか。高血圧で、入浴中に脳梗塞を起こしたと、調査会社の報告書に書いてあった」

「違うんだ……助けられたかも知れないのに、放っておいたんだ」

ぼろぼろと涙をこぼし、臨は首を左右に振った。

「いつもなら僕をお風呂へ呼びつける父さんが、呼ばなかった。五分、十分、三十分って時間がたっても、呼ばなかったんだ。何かあったかもって思ったけど、だけど、行きたくなかった。お風呂で、父さんに……父さんに、悪戯をされるから……いやだったんだ。本当に、いやだったんだ」

物心つくかつかないかの頃からずっと、臨は父親に性的虐待を受けていた。一緒に入浴した時には必ず、体中をいじり回され、父親の牡を手でしごいたり、舐めさせられたりした。男性同士の性行為や小児性愛の動画を見せられることもあった。夜の寝かしつけでも、休日の遊びでも、父と二人きりになれば、必ず玩弄《がんろう》された。

『このことは、パパと臨だけの秘密だよ。他の誰かに……ママにも、幼稚園の友達にも言っちゃだめだ。人に喋ったら、みんなに嫌われて、誰も仲良くしてくれなくなるよ。わかるね、臨は賢い子だから、パパの言うことを聞くね？』

褒めるような脅すような口調で言いながら、臨をじっと見つめる父親の眼は、普段と違って怖かった。逆らうことなどとてもできなかった。

小学校低学年の時、父親と入浴することがあるか、どんなふうなのか友達に訊いてみたことがある。全身しっかり綺麗に洗えとうるさくてウザイとか、水鉄砲で遊ぶのが楽しいとかいう答えは返ってきたが、自分と父のようなことをしている者は、誰もいないらしかった。『臨はどう?』と問い返されたので、『みんなと同じ。シャンプーの泡を流す時、乱暴で泡が目に入るからいやだ』と嘘をついてごまかしたけれど、惨めだった。人に隠さねばならないような恥ずかしいことをしている自分が、いやでたまらなかった。

父の性的虐待は続き、そのことを誰にも相談できないまま、臨は小学四年生になり、アーサーと出会った。

話を聞いていたアーサーは、大きく溜息をついた。

(長風呂なのに様子を見に行かなかっただけか……殺したなんて大袈裟《おおげさ》だ)

臨には、自分を責めすぎる傾向があるようだ。だとしたら『いじめの復讐』と言われた途端に、どんな屈辱的で淫猥《いんわい》な行為をも受け入れたことに、説明がつく。子供の頃はそんな卑屈な面はなかったのに、何がきっかけで臨はこうなったのだろう。

調査会社の報告書を見て、自分がわかったつもりになっていたことは、起こった事象の表面だけだ。当時の臨の心情は、本人しか知らない。

とりあえず一つ一つ聞き出していくことにした。

「お前の親が離婚したのは、そのせいなのか?」

「違うよ。母さんは、父さんが僕に何をしていたのか全然気づいてなかった。父さんの隠し方がうまかったし、口止めされた僕は、ばれたら嫌われると思って何も言えなかった。

それに、多分……」

臨が遠くを見るような、どこか寂しげな眼差しをして呟いた。

「亜佐斗も知ってるよね。ほら、母さんは浮気してたからさ。そっちに意識がいって、僕のことはどうでもよかったんだと思う」

「は？」

知っている前提で話を振られ、間の抜けた声が出た。臨が目をみはる。

「知らなかったの？　町中で噂になって、それで離婚したんだよ」

「お前の親の離婚は、俺が日本を離れたあとだろう。今回、日本へ戻ってから調査会社の報告で、俺は初めて知ったんだ。ましてお前の母親が浮気してたなんて、初めて聞いた」

「でも噂のきっかけを作ったのは亜佐……」

ハッとした顔になり、臨は口をつぐんだ。何度も首を横に振る。

「ごめん、違う。いいんだ。なんでもない」

「待て。どういうことだ、俺が噂のきっかけを作っただと？」

「いいんだってば、忘れて！　気づかずに喋っちゃっただけなんだから、わざとじゃなかったんだから！　亜佐斗は悪くないんだ、なのに僕が一方的に逆恨みして……」

臨はアーサーの袖をつかみ、必死な口調で言いつのる。

しかしそう言われて、はいそうですかと気楽に忘れられるわけがない。

（どういうことだ？　臨の母親が浮気していたなんて、あの頃の俺は知らなかった。『噂のきっかけ』って……俺が何か喋ったか？）

アーサーは遠い記憶の中から、臨の母親がからむ出来事を懸命に掘り起こした。

一つの場面が、脳裏に蘇ってくる。

停まっていた車に自転車でぶつかった自分と、その車の助手席にいる、見られまいとするかのように、不自然に顔を背けた女性――。

『ごめんなさい、わざとぶつけたんじゃないんです！　ごめんなさ……あれ？　臨のお母さん？』

父に頼まれて宅配便を出すために、隣町まで自転車で出かけた時だった。

夕暮れ時、西日が眩しくて前をよく見ていなかった自分は、路肩に停まっていた車にぶつかり、バランスを崩して転んだのだ。大した怪我はなかったが、車の後部に自転車のハンドルがぶつかって、塗装に傷がついてしまった。

弁償しろと言われるのではないかと怯えたアーサーは、何か言われる前に謝ろうと、跳ね起きて、運転席へ駆け寄った。

運転席にいたのは知らない男だったが、助手席にいる女性に見覚えがあった。

普段の、化粧っ気のないエプロン姿とはまったく違って、髪を綺麗に整えてイヤリングをつけ、濃くて派手なメークをしていたけれど、確かに臨の母親だ。何度も家へ遊びに行って顔を合わせていたから、見間違うはずはなかった。

一緒にいる男性は臨の父ではないけれど、親戚か何かだろう。知らない男性より、よく知っている友達の母親の方が口添えしてくれそうなので、彼女に向かって呼びかけた。

しかしアーサーに呼びかけられた女性は、明らかに動揺した。

そして運転席の男に何か囁き、次の瞬間、車はものすごい勢いで発車した。窓に手をかけていたアーサーは、振り払われてまた転び、道路に座り込んだまま、茫然と車を見送った。塗装に付けた傷のことで文句を言われなかったのは助かったけれど、危うく撥ね飛ばされるところだった。

だから翌日、学校へ行く途中で、頬の擦《す》り剝き傷について臨に尋ねられた時、説明ついでに昨日の出来事を話した。

しかし臨は、それが自分の母だったはずはないと言った。母親は昨日、隣県の親戚の家へ出かけて、帰ってきたのは夜遅くだった。夕方にはまだ親戚の家を出てもいなかったはずだから、他人の空似だろう——そうきっぱり言われると、アーサーも自信がなくなり、見間違いかも知れないということで、話は終わった。

だが今思えば、あれはやはり臨の母だったのだろう。

親戚の家を早めに出て、隣町で浮気相手と会っていたのに違いない。

(……俺が臨にあの話をした時、まわりには誰がいた?)

集団登校のグループだったから、他にも小学生がいたし、登校に付き添う父兄もいた。

交差点には、安全指導の大人が立っていた。彼らの耳に、自分と臨の会話が届かなかったはずはない。大人達は今の自分と同じ考えを持っただろう。狭い田舎町では、どんな噂もすぐに広まる。

アーサーは愕然とした。

(だから臨はさっき、『噂のきっかけを作ったのは亜佐斗だ』と言いかけたんだ)

臨の言うとおりだ。自分が、あんなに大勢の耳がある場所で、臨の母親を見かけたと喋ったせいで、浮気の疑惑が広まったのだ。

「俺のせいか？　何も考えずに人前で、お前の母親の秘密を喋ったから……それで、お前の親は離婚したのか？」

「ううん。アーサーは、あれが母さんの秘密だなんて知らなかったんだもの。それに、隣町なんて近場で会ってたんじゃ、いずれは別の誰かが母さんの浮気に気づいて、結局は噂になってたはずだよ。母さんが悪いんだ。アーサーのせいじゃない」

「だが……きっかけを作ったのは俺だったんだな？」

そして両親が離婚した時、臨は父親に引き取られた。父親の虐待は表沙汰《おもてざた》になっていなかったが、母親の浮気は町中の噂になっていたから、親権を取れなかったのだろう。

これがおそらく、臨が昨夜口にしていた『僕の逃げ場をなくして追いつめた』『僕が父さんから逃げられなくなったのは、亜佐斗のせいだ』という言葉の意味だ。

自分の無神経なお喋りによって、家庭を壊されたと感じた臨は、復讐しようとしたのではないか。八つ当たりじみてはいるけれど、当時の臨にとっては親よりもアーサーの方が、怒りをぶつけやすかったのだろう。

(一方的ないじめじゃなかった。理由があったんだ)

アーサーの胸がぎりぎりと痛む。心臓に、幾重《いくえ》にも針金を巻き付けて絞め上げられたら、こんな感じがするのだろうか。

なんの理由もなく、一方的に暴力や辱めを受けたと思っていた。

だが自分が気づいていなかっただけで、先に臨の日常を壊したのは自分だったのだ。おまけに、臨の家庭がどんな状況にあるのか知りもしなかったし、臨が助けを求めていると察することもできなかった。それどころか臨を家に招いて、一家団欒《だんらん》を見せつけたこともあった。

臨にしてみれば、自分の鈍さが腹立たしく哀しかったに違いない。親友だと思ってくれていたなら、なおさらだ。その哀しみと怒りが、子供特有の残酷さに変質して、いじめにつながった。

やり方としては明らかに間違っている。

しかし今の自分にそれを言う資格はない。利息だなどというこじつけで、行きすぎた復讐をした。他者の手を借りて臨を辱めたうえ、レイプした。

（……結局、俺の中に、凶悪で嗜虐的な気質があったんだ。子供の頃の臨より今の俺の方が、ずっとたちの悪い人でなしだ）

罪悪感が一気に押し寄せてきて、眩暈がする。アーサーはうなだれ、額を押さえた。

「どうしたの、大丈夫？　気分が悪い？」

貧血でも起こしたと思ったのか、臨が顔を覗き込もうとしてくる。

（気遣ってもらうような立場じゃない。俺は、なんてことを……）

真実を知った今となっては、気遣われるとかえって苦しくなる。アーサーはソファから下りて床に座り、頭を下げた。

「すまない……」

「あ、亜佐斗？」

「口で詫びてすむことじゃないが、本当にすまない。今までのことをどうやって償えばいいんだ。俺は、どうしてあんな……」

額を床に擦りつけ、アーサーは臨に詫びた。

殴る蹴る程度のことで、臨の気がすむはずがない。自分がしたことを――第三者からの性的な暴行を、そっくりそのまま我が身に受ければいいのだろうか。しかし臨は、そんな見苦しいものなど目にしたくないと言うかも知れない。いっそ死ねばいいのか。いや、あっさり終わらせようとするのは自己満足だろう。

「ひどいことをした。すまない……」

うなだれて呟くアーサーの背中を、臨の手が優しく撫でた。

「何を言ってるんだ、謝ることなんか一つもないんだよ。もともと僕が八つ当たりしたのが原因だ。子供の頃の僕は、ほんとにひどかった」

「だが俺はお前をレイプして、他人にまで暴行させた。ネットに画像を流したりもした。復讐の域を超えている。ひどすぎて、自分で自分が許せない」

「でも助けてくれたよね」

臨の声は微笑を含んで澄み渡る。

「昨日の二人組は武器を持ってた。刺されて大怪我をしたり、最悪、死ぬかも知れなかったんだ。でもアーサーは僕を助けに来てくれた。……黙って見ててもよかったのに」

「そんなことができるわけない！　あんな連中に渡したら、お前は間違いなくレイプされて、撮影されて、下手をすれば客を取らされるかも……!!」

「ね？　やっぱり、いざとなれば僕を助けてくれるんじゃないか」

臨の言うとおりだ。本気で追いつめたいなら、自分は手を汚さず、他人に任せて好きなように凌辱させせればよかった。けれどそうはできなかった。無意識に、臨を貫くのは自分だけだと決めていたのかも知れない。

臨が以前に言った、『愛してもらってる感じがする』という言葉が胸に蘇る。あの時は

激怒したのだけれど、

（もしかして、俺は本当に、臨を……？）

愛していながら、そうとは気づかず――あるいは認められずに、憎悪していると思い込んで接してきたのか。

臨が床に下りて座り、混乱しきって言葉の出ないアーサーをそっと抱きしめた。髪に頬ずりして囁く声は、子守歌のごとくに優しい。

「僕は亜佐斗が好きだよ」

「な……何を言ってるんだ。あんなひどい真似をした相手に向かって」

あり得ない。被害者の立場で、加害者を好きになるはずがない。それともストックホルム症候群か。

臨はアーサーの内心を読み取ったかのように、なおも囁いてくる。

「好きだよ。ずっと好きだったよ。子供の頃から好きだった。だからどんなことをされても、平気だった。昔の償いをしなきゃならないって思ったし」

「……」

「復讐だって言われた時に、亜佐斗がどんなつもりで僕をいじめているのか、よくわかった。あの時、亜佐斗がどんなに悲しくて心細くてつらい思いをしたのかも。……だから、何をされても構わなかった。それだけ亜佐斗の心が軽くなるのかなって思って、嬉しかったくらいなんだよ」

石像にでもなったように、アーサーは動けなかった。それでいて心臓だけは、どくどくどくと破れそうなほど激しく搏動していた。

(同じなのか、俺も臨も)

好きだからこそ、裏切りが許せなかったのだろうか。

よくよく分析してみれば、自分の行動は、練り上げた計画も無意識の衝動もすべて、臨がほしい、手に入れたいという気持ちから生じている。かつて自分をいじめた以上、臨は自分を嫌っているに違いないと思った。どうせ嫌われるのなら徹底的に復讐してやろうという、ねじくれた気持ちで臨をいたぶったのだ。

「だめだ……俺がしたことはいじめなんて生やさしいものじゃない、犯罪だ。許されやしない」

「許すも何も、僕は怒ってさえいないのに」

両手でアーサーの顔を挟んで頭を起こさせ、視線を合わせて、臨は言った。

「僕は亜佐斗が好きだよ。愛してる。……亜佐斗の気がすまないなら、もっともっと僕を罰して。僕はなんだって受け入れるから」

なんという、深い愛の告白だろう。

臨の言葉が、アーサーの心にしみ込み、やわらかく溶かしていく。復讐心もわだかまり

も、陽光を浴びた淡雪《あわゆき》のように消え去った。自分では見ようとしなかった本当の気持ちが、姿を現し始める。

アーサーは、臨の手に自分の手を添えて言った。

「好きだ、臨。やっとわかった。許してくれなんて言える立場じゃないが、本当にすまなかった。もう二度と、お前を傷つけるような真似はしない」

臨が軽く目をみはる。

「なん……謝ってどうするんだよ。僕が最初に亜佐斗をいじめたんだ。僕が悪いんだよ」

「違う。お前は悪くない。差し引きしたら、絶対に俺の方が悪い」

「そんなことないってば。最初に僕が八つ当たりしなきゃ、何も起こらなかったんだから。亜佐斗の気持ちは嬉しいけど、僕を許そうなんて……やっぱり優しすぎるよ」

「その言葉はそのまま返す。……愛している、臨。だから復讐とか罰とか、そういうのはもうやめよう。愛してるんだ」

どちらも罪悪感に囚われていては、先へ進めない。

もちろん、自分が臨に何をしたかを、忘れ去っていいなどとは思っていない。償いの気持ちは一生抱えていくつもりだが、それを悟らせたなら臨はまた、『子供の頃に自分が、八つ当たりで亜佐斗をいじめたせい』と考えて、自責の念に駆られるだろう。

必要なのは、堂々巡りを断ち切ることだ。

今度はアーサーの方から、臨を抱きしめた。重なった胸から、速く激しい鼓動が伝わってきた。

自分の告白と抱擁《ほうよう》が、臨をときめかせたのかと思うと、興奮する。

「好きだ……臨」

桜色にほてる耳にもう一度囁いてから、耳たぶに軽くキスをした。そのましゃぶり、甘噛みした。愛《いと》おしくてたまらない。どうしてもっと早く、己の本心に気づかなかったのだろう。

「あっ……ん」

臨の声が艶を帯びる。耳を愛撫《あいぶ》しただけで、感じてくれているのだろうか。

反応に力を得て、臨をラグの上に転がし、覆いかぶさった。

唇を重ねる。臨の唇はしっとりと潤い、男のものとは思えないほどやわらかく、それでいて自分の唇を押し返すだけの弾力に満ちている。ついばむようにしてその感触を楽しんだあと、舌で探る。

臨は自分から歯を割って、アーサーの舌を迎え入れた。手は冷たいのに、口中は心地よい熱さだ。臨の舌に舌をからめて、強く吸う。

「ふぅ……んっ……」

鼻にかかった臨の甘い喘ぎが、聴覚からアーサーを刺激した。一気に股間が熱くなる。

もっとほしい。舌だけでなく、全身で臨を味わいたい。

キスをしながら、ズボンのウェストをゆるめ、下着ごと蹴るようにして脱ぎ捨てた。上は脱がない。臨が自分の背に腕を回して、すがりついてきたからだ。

「んっ、ん……ぅ……」

痛いほどの力で、臨が舌を吸い返してきた。互いの唾液をなじませるように舌を動かしてから、すっと離したかと思うと、アーサーの口の中へ舌を差し入れ、歯茎や口蓋《こうがい》を舐め回す。たまらなく、気持ちいい。自分自身がますます昂ぶるのを感じる。きっと臨にも伝わっているはずだ。

こんな積極的なキスのやり方を、臨が身につけていることに嫉妬する。

(父親か？　子供の臨を虐待して、こんなことを教え込んだのか)

そういえばフェラチオも、騎乗位での奉仕も巧みだった。すべて父親が仕込んだのだろうか。胸の中が煮えたぎるほど腹立たしいが、相手はすでに死んでいるので怒りをぶつけることもできない。

(消してやる。すべて俺が上書きすればいいんだ)

臨の体、髪から指先まで余すところなく、自分が愛撫し、感じさせればいい。他の男の手や舌の感触など、忘れてしまうくらいに。

唇を離してアーサーは囁いた。

「腕を外してくれ。そんなに抱きつかれたら、脱がせられない」

「うん……」

恥ずかしそうに微笑む臨の唇は、キスの名残で濡れて、艶めかしく光っている。

アーサーは臨に貸したパジャマの前ボタンをすべて外し、大きく左右に開いた。

桜色にほてったなめらかな胸肌があらわになった。昨日、臨の体を洗った時に見たとおり、さまざまな色をした花弁を散らしたかのような痣《あざ》が、幾つもついている。胸、鳩尾、脇腹、腿の付け根、場所もいろいろだし、鮮やかな紅色や青紫色から、ドライフラワーのように色褪せた黄色まである。

キスマークや、引っ掻き傷に歯形、打ち身の痕跡だ。

今までアーサーは、臨の体に痕をつけないようにしてきたから、これは全部、自分が呼び集めて臨を嬲らせた男達の残していったものだろう。ここまで乱暴な扱いをさせた己の愚かさを思うと、自分で自分を絞め殺したくなる。

だが後悔に打ちひしがれるのは、一人きりになった時でいい。今は臨と一つになりたい。今までのように一方的にレイプするのではなく、身も心も重ね合いたいのだ。

「好きだ」

囁いて、臨の肩口へ顔を伏せた。鎖骨のすぐ下にある色褪せたキスマークに、唇を当てて強く吸う。パジャマのズボンを下着ごとずらして脱がせようとすると、臨が腰を浮かせ、脚を曲げて協力してきた。

臨も自分と、早く一つになりたいのだろうか。

「僕も好きだ、亜佐斗が好きだよ……ずっと好きだった」

うわずった声でそう答えられただけで、アーサーの心搏数は跳ね上がった。再び上から覆いかぶさる。そそり勃った牡に、汗がにじんでぬめる肌が触れてこすれるのが、なんとも煽情的《せんじょうてき》だ。

早く抱きたいけれど、自分を許して愛してくれる臨に、乱暴はしたくない。先に臨を、気持ちよくさせてやりたい。

片手を、臨の小さくくぼんだ鳩尾から平らな腹へ、さらに下へとすべらせた。柔らかな茂みを指先で分けて、肉茎へと辿り着く。

（……まだこんな状態か）

臨の肉茎はせいぜい半勃ちというところだった。自分は、ズボンを脱ぐまでは前が突っ張って痛いほどだったし、今は完全にそそり勃っているのに、キスだけでは足りないのだろうか。集団痴漢に囲まれて触られた時の臨は、もっと簡単に勃っていた気がする。

（昨夜からの疲れが尾を引いているのか。いや、待てよ。臨が一番感じるのは確か、こっちだったような……？）

今までに抱いた時のことを思い出し、臨の尻肉をつかんで軽く揉んでみた。

「あっ……ん」

臨が甘い声をこぼした。肉茎がぴくんと跳ね上がってアーサーの体に当たる。尻の肉を揉みしだきながら、体をずらして、臨の胸の蕾《つぼみ》をくわえてみた。臨が一層甘い嬌声《きょうせい》をあげて身をくねらせる。舌先で転がし、軽く吸っただけで、乳首はこりこりと硬く尖った。

触ってもいない肉茎が一層硬くなった。やはり臨は尻と胸が一番弱いらしい。

（女みたいな仕込まれ方をされて……）

臨の父親は、自分の息子をなんだと思っていたのだろう。そう義憤《ぎふん》を覚える一方で、自分自身も臨を女として扱っているのではないかという、後ろめたい気持ちが湧く。しかし、

「亜佐斗……焦《じ》らさないで。お願いだから、早く……」

熱く濡れた口調でせがまれたら、腰が疼いて、余計な考え事など消し飛んでしまった。

（……臨自身が求めているんだ。俺を好きだ、ほしいと言っているんだから、それでいいじゃないか）

挿入しやすい体勢を取らせるために臨の脚をつかみかけて、ふと気がついた。

「ちょっと待て。このままじゃ痛いだろう」

ソファのすぐ横のテーブルには、昨日、擦り傷や打ち身を治療するのに使った救急箱が、出しっぱなしだ。アーサーは体を起こして、薬用のオリーブオイルを取り出した。臨の片脚を深く曲げさせ、オイルをたっぷりと垂らした指で、後孔に触れる。

「ひぁっ……!!」

ぬらつく指で小襞の中心をつついただけで、臨が甘い声をこぼした。やはり一番効くのはここだ。

もっともっと感じさせてやりたい。臨が今までのことをすべて忘れるよう、今夜の愛撫の感触と記憶で上書きしてしまいたい。指の腹で、後孔の周辺をくるくる撫でて小襞をくすぐってやった。臨が焦れてきた頃合いを見計らい、指を埋め込む。

「ぁはあぁっ！　あ、ぁあんっ……!!」

臨の嬌声を聞きながら、オイルを内側へ塗りつけた。とろとろにやわらかい粘膜は、指をくわえ込んで離すまいと、まとわりついてくるかのようだ。

一回では足りないかと、指を抜いてオイルを垂らし、また指を埋め込んで塗ったけれど、効率が悪い。思いついて、臨の股間の真上で、壜《びん》を傾けてみた。オイルが流れ出し、硬く勃ち上がっている肉茎にたらたらとこぼれ、根元へ伝い落ちる。

「なっ、何!?　やっ、あ、ぁ……ぁひぃっ！」

オイルを流される感触は、初めて味わったらしい。臨が身悶える。構わずに、壜が空になるまで流してやった。袋から後孔へと伝ってきたオイルを指の中ほどに受けては、その指を根元まで突き立てる動作を繰り返した。ついでに、ぬるぬるになった肉茎を片手でしごいてやる。

「あっ、ぁあっ！　それ、だめっ！　ぁ、はぁっ……ん……」

臨の口からこぼれる喘ぎは、これ以上ないほど甘く熱い。後孔に潤滑油を塗り込んでいた指に、別の液体がまとわりついてくるのを感じる。にじみ出した腸液だろう。

「中からも、とろとろに濡れてきているぞ、臨」

「やっ、ぁ……」

「指がそんなに気持ちいいのか？」

「ち、違うっ、そんな……ぁ、ふっ……」

うわずった声といい潤んだ瞳といい、臨の反応は男の嗜虐心を煽らずにはいない。

二度と苦しめない、つらい思いはさせないと誓ったのだけれど——この状況で焦らすくらいは許されるだろう。指を鉤《かぎ》型に曲げて内側の粘膜を刺激しながら、アーサーは問いかけた。

「よくないのか、だったら抜くか？」

「や……やめない、で……っ」

「気持ちいいんだな。だったら正直にそう言え」

「……っ……」

「言わないのか」

アーサーは勢いよく指を引き抜いた。臨が音をたてて息を吸い、身をよじってアーサーの顔を見る。潤んだ瞳でこちらを見つめ、甘くとろけた声で懇願してきた。

「いやだ、そんなっ……い、言うから、気持ちいいからぁ！」

「気持ちいいから、なんだ？」

「い、挿れて、亜佐斗の指……違う、指じゃやだめだ、足りない！　もっと大きくて熱いの、挿れてっ……!!」

自分の言葉に昂ぶったのか、臨は悲鳴に近い声で叫んだ。両膝が胸につくほど深く脚を曲げ、片手で尻肉をつかんで横に引く。後孔がむき出しになった。

「ここへ、挿れて……早く……亜佐斗が、ほしいんだ……」

清楚で繊細な美貌に似合わない仕草と、直截《ちょくせつ》的な言葉がアーサーの体をほてらせた。かつての罪を償うための言葉ではない。臨は自分を愛し、求めている。そう感じた瞬間、牡が一段と熱く硬く、猛り立った。先端から透明な雫がこぼれる。

自分も臨がほしい。一つになりたい。

「力を抜け」

囁いて、両脚をつかんだ。指の力が強すぎたか、臨が「あぁん……っ」と呻いて手を離した。けれど喘ぐ声は期待感に満ちて、どこか甘い。聞いているこちらの心臓が、興奮に早鐘を打つ。

後孔の小襞がひくひくと震え、牡を迎え入れる興奮に息づいているのが見て取れた。

（……そうだ、ゴムを……）

思いついたが、避妊具を置いてあるのは寝室だ。

今、体を離して取りに行き、一枚のゴム膜を隔てて臨と接する——気が進まない。というより、それは違うという気がした。

今まで、脅迫者や復讐者として接していた時は、必ず避妊具をつけていた。臨に、泌尿器系の受診歴がないことは調査でわかっていたけれど、なんとなく生ではしたくなかった。無意識にゴムの膜を隔てることで、体だけでなく心も距離をあけていたのかも知れない。

けれど今の自分は臨と一つになりたいのだ。

粘膜を直接触れ合わせ、精液を臨に注ぎ込みたい。

「臨……いいか、挿れるぞ」

塗り込んだローションでぬるぬると光る後孔に、アーサーは牡の先端をあてがった。ぴくっと体を震わせた臨が、感触の違いに気づいたのか、股間に視線を向けたあと、アーサーの顔を見る。

「忘れてるよ、亜佐斗……いつもスキン、つけてるのに」

「いいんだ」

「え……でも」

「お前とじかに触れたい。……いやか？」

大きく瞳を見開いた臨が、腕を伸ばしてすがりついてくる。

「嬉しいよ。今までずっと、よそよそしい感じがしてた。でも生でほしいなんて、言い出せなくて……ほんとはほしかったんだ。亜佐斗のを僕の中へ、何もかも全部、挿れてほしかった」

キスをした。舌をからませ合うと、くちゅくちゅと淫らな音がした。唇を離した時、唾液が銀色の糸を引き、臨の頬に落ちた。それを、桜色の舌を出して舐め取り、臨が誘うように微笑む。

もう一度、後孔に牡を押し当てた。

充分にほぐれているはずだが、すぐには挿れない。小襞を先端でこねるように腰を動かし、焦らす。やわらかく熱い小襞に先端をこすりつけるのは、予想外に気持ちよかった。

「あぁ、ん……っ、やぁ……早くぅっ」

臨が喘いで、見上げてきた。焦らさないでくれと懇願する眼だ。頷いて、細く締まった腰を捕らえる手に力を込め、一気に突き入れた。臨がのけぞる。

「はぅうっ！」

「く……!!」

締め付けの強さに、アーサーの口から呻き声がこぼれた。

浅い場所の筋肉は、食いちぎられるのではないかと思うほど締め付けが強く、それでいて奥はとろけるようにやわらかく、牡に密着して包み込み、からみついてくる。

昂ぶりをこらえて、アーサーはゆっくりと腰を揺すり始めた。

最初は浅く、こするように、撫でるように内側を刺激する。臨がねだるように腰を使い始めた頃合いを見計らい、不意打ちに深く突き入れてやった。

「あぁっ！　きつぃ……っ、ん、んぅっ!!」

上がった悲鳴は、苦しそうでもつらそうでもない。快感が強すぎて叫ばずにはいられないという雰囲気だ。無理もない。アーサー自身も気持ちよすぎて、ともすれば呻くような低い声がこぼれてしまう。

（これが、臨の……）

初めて直接触れ合った。粘膜のやわらかさ、熱さ、ぬめり――ゴム膜を隔てて接していた時とは、まったく違う。自分と臨が、完全に一体化していくのを感じる。

「好きだっ、臨……!!　お前が、ずっと、好きだったんだ……っ！」

まともな言葉になっているのかどうか、わからなかった。それでも言わずにはいられない。譫言《うわごと》のように愛の言葉をぶつけながら、突き上げた。

深い場所だけでなく、前立腺《ぜんりつせん》を軽くこするように、浅くゆるく、緩急をつけて責める。

「そこ、いいっ……ぁ、亜佐斗ぉ……!!」

臨が泣きじゃくる。

もっともっと密着したい。臨のすべてを味わいたい。

肩に手をかけ、引き起こす。当たり具合が変わったのか、臨が「くはぁっ」と一際高い声を上げた。向かい合って自分の膝に座らせる。臨自身の体重がかかって、結合が一層深くなった。

「あぁっ……こんな、奥までぇっ!!」

臨が顎をそらせて喘ぐ。

その拍子に根元を強く締められて、アーサー自身も小さく呻いた。臨の息遣いに合わせて、後孔の筋肉がひくつき、牡を刺激する。敏感な先端を包む粘膜は、とろとろにやわらかくて熱い。

いや、熱いのは自分自身だろうか。脚を思いきり開いて自分の膝にまたがった臨が、視線を合わせて訴えてくる。

「熱い……熱いんだ、亜佐斗……」

大きな瞳はしっとりと潤み、今にも涙があふれそうだ。頬は薔薇色にほてり、額には汗の粒が浮いて、半開きの唇の端から唾液がこぼれている。

普通ならだらしなく見えるはずの表情が、今はたまらなく煽情的で艶めかしい。背筋がぞくぞくして、牡がまた一段と硬さを増すのがわかった。

「……俺もだ。熱い。熱くて……気持ちいい」

そう答えて、アーサーは臨の体を揺さぶりつつ、下から腰を突き上げ始めた。勢いがよすぎたのか、臨が大きくのけぞった。

倒れそうな体に腕を回し、抱き寄せた。汗に濡れた体が密着する。臨の乳首が、自分の胸板に当たるのを感じた。硬くしこり立っている。そして下腹には、もっと硬く熱く昂ぶりきった、臨の肉茎が触れていた。自分に抱かれて臨が感じていることが、嬉しい。

臨の背に回した腕に力を込め、抱き寄せた。体を密着させて、突き上げる。乳首が胸肌に押しつぶされ、肉茎がこすられる。

「あっ、ぁ、あぁぅ……!!」

臨が途切れ途切れの悲鳴をこぼして、顎をがくがく揺らす。鳩尾あたりがぬらつく。汗だけでなく臨の先走りも混じっているはずだ。臨の喘ぎがこぼれるたびに、肌が濡れ、二人の体は隙間なく合わさる。体温さえ、同じになっていく。

のけぞる喉に舌を這わせた。塩気の混じった汗の味がする。汗と先走りのにおいに混じり、臨の髪からほのかにシトラス系の香りが立ちのぼって、鼻腔をくすぐった。

五感のすべてで臨を――臨がくれる快感を味わいながら、アーサーは突き上げ続けた。

「臨……臨、気持ち、いいか？」

「くはっ、ぁ……いいっ！　いいよぉ、亜佐斗……気持ちいいっ!!」

髪を振り乱し、涙をこぼして答え、臨がすがりついてきた。両腕をアーサーの首に回し、耳元に唇を寄せて囁いてくる。

「愛してる、よ……亜佐斗が好きだ、好きなんだ……っ」

「俺もだ、臨……愛して、いる……っ!!」

臨を強く抱きしめ返し、一層激しく突き上げる。それに応えるように、後孔の柔肉はひくひくと動いて、アーサーの牡を包み込み、締め付けてきた。気持ちよすぎる。今にも達してしまいそうだ。

けれども自分が先に射精するのは避けたい。早いと思われたくない。懸命に耐えて、アーサーは臨の体を揺さぶった。二人の体に挟まれた臨の肉茎が、硬さと熱さを増していく。先走りがこぼれて肌と肌が密着する。

「ひぁっ、ぁ、ああっ！　やぁっ、来る……来るよぉ……!!」

臨の声が甲高く、狂おしいものに変わっていく。それが心地よくて、アーサーは一層荒々しく突き上げた。

やがて、臨の肉茎がびくびくと大きく震えた。

「はぁう……っ！」

臨がのけぞる。その瞬間、密着した体の間に何かがあふれ出した。粘っこく、熱い。

「ぁ、は……ぅ……」

臨がぐったりともたれかかってくる。射精したのだ。真っ赤にほてった顔と、途切れ途

切れの喘ぎが艶めかしい。潤んだ瞳で見つめられ、アーサーは突き上げを速めた。

「やっ！　だめっ、今、イったばかり、で……!!　やだっ、待って……はぅうっ！」

射精直後で感度の上がった体を責められ、臨が泣きながら身をくねらせる。

その声と表情と、牡に伝わる刺激が、腰を直撃した。凄まじい快感に顎をそらせて呻きながら、アーサーもほとばしらせた。

「……っ!!」

「あ……あつ、い……熱い、よ……こんな、たくさん……」

臨が呻く。けれどもその表情は決して苦しげではない。自分の中に注ぎ込まれた液の熱さと量を、恍惚《こうこつ》として量っているかのようだ。

荒い息を吐くアーサーの肩に頬を押し当て、とろけそうな声で囁いてきた。

「もっと……もっと、ほしい。いっぱい入れて。亜佐斗のを全部。好きだよ、亜佐斗」

声を聞いているだけで、牡が硬くなってくる。

アーサーは臨の顎をとらえて唇を重ね、再び腰を揺すり始めた。


どれほどの時間、抱き合っていただろうか。

アーサーが三回達したあと、臨を抱えてバスルームへ移動して、互いの体を洗っている間に、臨にねだられて自分も昂ぶってきて、もう一回肌を合わせた。ぐったりした臨を寝室に運び、二人同じベッドで眠った。

喉が渇いて目を覚まし、水を飲みに行こうとしたら臨も起きたので、ミネラルウォーターを取ってきて、口移しに飲ませたところだ。

夜明けにはまだ間がある。アーサーはもう一度ベッドに入り、臨と身を寄り添わせた。

「……ねぇ」

ふっくらした唇から甘える声をこぼし、臨が抱きついてくる。

(愛しているよ、臨)

幸福感を味わいつつ、アーサーは思った。自分の真の願いは、臨との関わりを断つことでも、復讐することでもなかった。遠い昔、仲良く遊んでいた頃の二人に戻りたかったのだ。そして今は、あの頃よりもさらに近しく、隔てるもののない関係を結んだ。

「なんだ？」

臨が微笑んで問いかけてきた。

「今度は、どこでヤる？」

「え？」

「公園？　それとも電車？　どこでもいいよ、アーサーの好きなやり方で。大勢で僕をいたぶってよ。どんな罰でも受ける」

「な、何を言っているんだ？　罰なんて必要ない。言っただろう、もうお互いに……」

アーサーはうろたえて、昨日の言葉をもう一度繰り返した。自分の復讐の方が、臨のいじめよりひどかった。なのに臨は自分を許してくれた。お互いの愛情を確かめ合い、抱き合ったのだ。臨が罪の意識を抱く必要など、どこにもない。

けれどもその言葉は、臨の耳には届いていないようだった。無邪気な笑顔で首を左右に振る。

「だめだよ。僕はひどいことをしたんだから。ちゃんと罰してくれなきゃ。二人きりで、こんなふうに優しく扱うのは、罰と罰の間の休憩なんだろう？　わかってる、つけ上がったりしないよ。……ねえ、散歩に出よう」

「臨、お前……？」

「僕を罰して、亜佐斗。みんなでいたぶってよ。僕は、そうされて当然なんだから」

うっとりと語る臨の瞳には霞がかかり、夢を見ているかのようだ。

「おい、落ち着け！　もう必要ないと言ってるんだ。これからは俺とお前、二人で……」

「だめだよ。僕はひどいことをしたんだもの。きちんと償わせて」

必要はないとどれほど告げても、臨は自分を罰してくれと繰り返す。心が壊れた気配を感じ取り、アーサーは慄然《りつぜん》とした。

7

一ヶ月が過ぎた。

アーサーは、臨にペットシッターの仕事を辞めさせ、自分のマンションに住まわせて生活の面倒を見ていた。

臨の精神状態は落ち着かないままだった。

普段はまったく正常に見える。自分の身の回りのことや、掃除、洗濯などの家事もできる。ただ、何かの拍子にスイッチが入ると、涙を流してアーサーの足下にすがりつき、自分を罰してくれと繰り返すのだ。場所も時間も選ばない。二人きりの時はまだいいのだが、繁華街の人混みの中や、クリニックの待合室でも、臨は不意に狂乱した。これでは、仕事を続けさせるわけにはいかなかった。

(俺の責任だ。俺が臨を追いつめた)

今度は自分が償う番だ。そう思って、臨の生活の面倒を見ることにした。

心療内科へ連れていって、薬を処方してもらったが、はかばかしい効果は得られない。性的なことは、ぼかした形でしか話していないせいかも知れない。

自分と離れた方が臨の精神は安定するのかとも思ったが、そうでもなかった。

いつまでも仕事を休んでそばについているわけにはいかないので、ウェブカメラを設置し、いつでもスマートホンで臨の様子を確かめられるようにして、出勤してみた。異変があればすぐに帰宅するつもりだったが、臨は一人でおとなしく過ごしていた。身支度して出勤してから、『ただいま』と帰ってくるまでの間は、いないのが当たり前と理解しているらしい。鳥籠《とりかご》と文鳥を買ってきたところ、大喜びして、臨が一人だけの時間帯は文鳥の相手をして過ごしているようだ。

しかし夜、眠りから覚めた時などにアーサーの姿が見えないと、『見捨てないで、もう置いていかないで』と泣き叫ぶ。休日に二人で出かけた買い物中にはぐれた時などは、臨はパニックを起こし、ショッピングモールの床にへたり込んで、子供のように泣いた。

十三年前にアーサーが日本を離れた時、臨には置き去りにされたという意識が残ったらしい。罪を償わなければまた捨てられる、そんなふうに考えてしまうようだ。

文鳥では臨の心を癒やすには力不足かと思い、犬を飼おうと提案したこともあった。けれども臨は『犬』という単語に反応し、いきなり服を脱いで床に膝をつき、吠える真似を始めた。茫然としているアーサーの足を舐め、『僕は悪い犬です、罰を与えてください』と懇願してきたのだ。

臨の心に自分が与えた傷は、そう簡単に癒えるレベルのものではなかった。

患者にストレスを与えないようにと言われたため、求められるままに抱いているけれど、これでいいのかどうか、いったいどうすれば壊れた臨の心を元に戻せるのか、アーサーは悩み続けていた。なんでもいいから臨を治す手がかりがほしかった。

――そうでなければ、臨の日記を読んだりはしなかっただろう。

臨が風呂に入っている時に、セロハンテープが見つからず、たまたま臨の部屋へ借りに入ったのがきっかけだった。

タブレットが机に置きっぱなしで、しかも何かのテキストが書きかけのまま開いてあったのだ。自分の名前が目について、つい読み始めてしまった。後ろめたさはあったが、臨の治療のヒントになることが書かれてはいないかという気持ちの方が大きかった。

読み進むうちに、胸は波立ち、手足が冷たく冷えていく。それでいて頭の芯は、溶鉱炉《ようこうろ》のごとくに熱くたぎり立つ。驚愕と怒りのせいだ。

日記に書かれていたのは、自分の目で見たのでなかったら、到底信じられないようなことだった。

＊

十二月四日

今日は四回セックスした。終わった時には疲れて、立つこともできなかった。

僕がどんなに乱れても、亜佐斗は軽蔑しない。一ヶ月前なら、『淫乱』『男好きの変態』なんて言葉で、罵られたに違いない。でも今は、何も言わない。後始末の時はとても優しくて、ガラス細工を扱うような丁寧な手つきで、優しく体を洗ってくれる。

自分が僕の心を壊してしまったと思っているからだ。

カウンセリングに僕を連れていき、恥じ入りながら事情を説明する亜佐斗は、とても可愛い。……可愛いなんて言ったら、悪いんだけど。

一流のカウンセラーとかいう話だから、本当のことを見抜かれやしないかと心配していたけど、大したことはなかった。本やネットで調べた統合失調症の症状を演じてみせると、ストレスがどうのこうのともっともらしいことを言っていた。あんな奴には何も見抜けない。安心した。

家に帰ってから亜佐斗は『疲れているだろうから』と、僕を早く寝かせようとした。冗談じゃない。なんのための同棲《どうせい》だ。というか、その逞しくてタフな体は、なんのためにあると思っている？

仕方なく『ちゃんと罰して』と泣きすがったら、僕を抱いた。

亜佐斗は四回、僕は六回イった。最後の方は水みたいな透明な汁しか出なかった。

回数はいいんだけど、亜佐斗のセックスは優しくて丁寧すぎる。

最初の頃の荒々しさとは比べものにならない。もっと腰が抜けるまで責めてくれなきゃ、僕は満足できないんだ。基本的に優しい性格なのはわかっていたけれど、ベッドでは乱暴なくらいがいい。

……犬を飼おうかと提案されたけれど、今はまだいい。

亜佐斗っていう大型犬をうまく調教して、僕の思いどおりに動いてくれるよう、飼い慣らさなきゃ。今は、他の犬にまでは手が回らない。世話が充分にできなかったら、犬が可哀想だ。

寂しがってみせたら、亜佐斗が文鳥を買ってきてくれた。よく馴れていて可愛い。でも鳥なら、コザクラインコかオカメインコがよかったな。

十二月七日
亜佐斗が、来週また僕をカウンセリングに連れていこうと計画していたみたいだ。面倒臭いから、泣いてみせた。涙ぐらいは簡単に出せる。『僕を入院させて厄介払いするつもりなんだ』『お願い、捨てないで。謝るから。どんな罰でも受けるから』とか言ってすがりついたら、亜佐斗はひどくうろたえて、僕をどこへもやらないと誓った。あとでクリニックに、キャンセルの電話を入れていたみたいだ。
相変わらず御《ぎょ》しやすい。子供の頃と同じだ。

初めてこのマンションに来た時は、誰なのか気づかなかった。子供の頃の亜佐斗とは、髪の色も雰囲気もまるっきり変わっていたせいだ。途中でもしかしたらと思ったけれど、わからないふりをしていた。亜佐斗が、僕の前では別人のふりをしているというなら、きっと何か目的があるはずだと思ったからだ。

まさかあのアーサーが、全裸で犬のふりをした散歩だとか、視覚聴覚を封じてのカーセックスとか、集団痴漢なんて、ハードなことを思いつくとは意外だった。でも従っておいてよかった。僕にひどい真似をした分だけ、責任感の強い亜佐斗は『償わなければならない』っていう気持ちになるだろう。

僕の読みどおりになった。かしずかれる生活は快適だ。

……馬鹿だな、亜佐斗は。

どんな原因があったにしても、子供の頃に僕が亜佐斗をいじめたのは事実なんだ。僕に復讐して、それでやっと貸し借りなしなのに。そう割り切れずに、やりすぎたと悩むあたり、ほんとにお人好《ひとよ》しだ。

だから僕に付け入られて、あっさり騙されるんだ。

見た目もいいし、体力があって僕が満足するまでセックスできるし、経済的な面も問題ない。寄生先としては最高だ。

あとは、セックスがもう少し激しければいいんだけど。荒っぽいくらいが僕にはちょうどいいんだ。『いたわりに満ちた優しい純愛セックス』なんて退屈でしかない。

まして愛情も何もない相手からじゃ、つまらなくてあくびが出そうになる。

亜佐斗をもっとうまく誘導……いや、調教しなきゃいけない。大型犬の調教だと思って、工夫してみよう。

十二月八日
夕食の時に亜佐斗がなんだか、奥歯に物が挟まったような感じで、僕の父さんのことをごにょごにょ言い出した。気づかれたのかと思って警戒したけれど、もちろんそんなことはなかった。
亜佐斗ときたら、週末に僕と、父さんの墓参りに行こうと計画していたらしい。冗談じゃない。あんな男のためになぜ、休日を潰さなきゃならないんだ？　いやだと泣いて、昔どんなことをされたかをわめきながら暴れたら、亜佐斗が『俺が悪かった。思い出すな、もういい』と、抱きしめて謝ってくれた。
罪の意識があるふうに見せすぎたかも知れない。心が壊れたように見せるには、今回亜佐斗に嬲られた件だけじゃなく、下地がある方がいいと思ったんだけど……ちょっと、やりすぎたかな？

父さんが入浴中に死んだのは事実だけど、『僕のせいだ』って言ったのは亜佐斗に見せるための芝居だ。本当はそんなこと、思ってない。僕のせいじゃない。死んでるのを見つけた時にはびっくりしたけど、肉親を亡くしたっていう感情より先に、これで解放されるんだっていう、ホッとした気持ちが先にきた。

僕はずっと父さんが嫌いだった。

亜佐斗は、自分が余計なお喋りをしたせいで、僕の両親が離婚したと思ってる。でも本当はそうじゃない。

父さんと母さんはずっと前から家庭内別居状態だった。

母さんの浮気と、父さんが僕に悪戯を始めたのと、どちらが先かはわからない。スキンシップがいつから悪戯に変わったのかも……お風呂で僕の体を洗っていた父さんの手が、やたらに下半身にばかりきたのは覚えてる。

物心ついた頃からそうだった。

小学校に上がる頃には、僕はどこをいじれば気持ちよくなれるか、教え込まれてた。父さんのアレをしゃぶらされることも、しょっちゅうだった。苦くて粘っこい汁を飲むのは嫌いだったけど、うまく飲んだら父さんがオモチャやおやつをくれたから、我慢した。

中学生になる頃に気づいたけれど、父さんのは細くて小さかったんだ。だから子供だった僕の口にも、すっぽり入った。

亜佐斗のは、今の僕の口でも目一杯開けなきゃ頬張れない。大きいだけじゃなくて、硬くて持続力があって、うまくねだれば僕が失神するまで責めてくれる。あれに比べたら父さんのセックスなんて……いいや、ねちっこさだけは父さんの方が上かな。

何しろまだ幼稚園児の僕に、体のどこをどういじれば気持ちよくなるか教え込んで、少しでもいじられたら拒めなくなるくらいに、調教したんだもの。

……話が逸れた。

とにかく、父さんと母さんの離婚は秒読み状態だった。

本当に離婚に持ち込んだのは、亜佐斗じゃなくて僕だ。人通りの多い商店街であの話を蒸し返したんだから。

お喋りな近所のオバサン達が耳にしたら、喋り散らさずにはいられないはずだ。母さんが浮気してるっていう噂が広まれば、父さんは絶対に離婚する。父さんの自尊心――いや、見栄とか世間体とかいう方がきっと正しい――は、『寝取られ男』の立場に耐えられないはずだ。それが僕の計画だった。

……マルさえいてくれたら、離婚させようとは思わなかっただろうな。僕に悪戯をする父さんよりは、いいことも悪いこともしない母さんの方が好きだったし。

だけど母さんは、マルを死なせた。

マルは賢い犬だったから、父さんと母さんが喧嘩をしたり、二人のどちらかが僕をどなったりした時は、足下に来て、仲裁《ちゅうさい》するみたいにクンクン鳴いた。いつもはそれで『マルが止めるなら仕方ない』っていう空気になって、終わった。

でもあの日は、父さんも母さんも興奮していて、マルが足下に来たのに気づかなかったらしい。異様な悲鳴が聞こえて、僕が慌ててリビングへ行った時には、床に膝をついた母さんがマルを抱きかかえて、必死で謝っていた。

『わざとじゃなかったの、気づかなかったの、ごめんなさい、ごめんなさい』

って。

母さんがマルを踏んだ、そう父さんが言った。

急いで動物病院へ連れていったけど、だめだった。マルは、死んだ。

そのあと一週間ぐらい、自分がどうしていたのか覚えていない。あとで聞いた話では、高熱を出してずっと学校を休んでいたみたいだ。

マルが死んだことを亜佐斗に話さなかったのは、自分でも気持ちが整理できなかったからだと思う。それともマルがいないことを、認めたくなかったんだろうか。足下がふわふわしたような、不安定な心地のままで、でも普通に学校へ行って授業を受けて、休み時間はドッジボールをしていた。よそ目には、全然いつもと変わらない態度だったみたいだ。

そのうちだんだんと、昨日もマルはいなかった、今日もいない、明日も帰ってこないんだって理解できるようになったら——悲しむより、マルを殺した母さんへの怒りが、先にきた。

　母さんがマルを抱きかかえて、一生懸命謝ってたのは覚えてる。わざとじゃなかったのはわかる。でももう、母さんを見たくなかった。そんな時に亜佐斗が母さんの逢《あ》い引きを見かけたから、うまく利用して、二人を離婚させることにした。

　父さんと一緒にいたかったわけでもないけど。

　本当は二人の両方と離れたかった。今までとは全然違う場所へ行きたかった。とはいえ施設行きはいやだ。プライバシーのない団体生活なんてまっぴらだ。

　……だから亜佐斗に言ったのに。

　連れていってって頼んだのに。

　亜佐斗のお母さんはアメリカ人だ。児童虐待には敏感で、よその子供を養子にすることに日本人ほど抵抗はないはずだ、そう思ったから亜佐斗に言ったのに、僕の頼みを親に言おうともしなかった。馬鹿。鈍感。

　亜佐斗をいじめたのは、僕の思いどおりに動いてくれなかったことへの罰だ。

　僕が父さんにされたようなことを、亜佐斗も経験すればいいと思ったんだ。だからあれは、間違いなくいじめだ。悪意の塊だったんだ。亜佐斗の復讐は正当だった。

　でも都合がいいから、あのお人好しには勘違いさせておく。

　僕が利用してるだけだって知ったらどんな顔をするか、見てみたい気もするけど、今の快適な生活を失いたくないから黙っておこう。……ていうか僕は今、心が壊れたことになってるし、昔のことは忘れたふうにしちゃってもいいのかな？

十二月十六日
アーサーが取り付けたウェブカメラが鬱陶《うっとう》しくなったので、誰かに見られてるみたいで怖いって泣きついて、寝室のカメラを外すように仕向けた。リビングのカメラは我慢するけど、アーサーがいない時間に少しは自由に行動したい。

そうはいっても、外出なんかしないけど。この日記を書く程度だ。

ずっと芝居をしていると息が詰まって、本音を吐き出す場所がほしくなるんだ。たとえこうして、タブレットの中に書く程度でもいいから。

吐き出しついでに、昔のことを全部書いてしまおう。父さんと母さんのことだ。

母さんが追い出されていなくなったあと、最初はホッとした。

だけど二人きりの暮らしになると、父さんはなんの遠慮もなく僕にベタベタまとわりついてきた。予想はしていたけれど、度を超していた。前はお風呂の時ぐらいだったのに、一日中僕にくっついてくるんだから、たまったものじゃない。

そして計算違いが一つあった。

僕の体が、父さんに慣らされていったんだ。

気持ちよくはなるけど、いやなことだと思ってた。父さんのいやらしい目つきも、荒い息遣いも嫌いだった。『気持ちいいだろう』『お父さんが好きか』『臨はエッチな子だなあ』と言われるのが、いやでたまらなかった。

なのに僕の体が、どうすれば気持ちよくなるかを教え込まれて、逆らえなくなっていった。僕が一人で家にいた時に、いつのまにか――本当に、知らない間に――オナニーをしていたことに気づいた時は絶望した。

父さんが投資に失敗して、家屋敷を処分して、誰も知り合いのいない町へ引っ越した時に、ちらっと逃げることを考えた。でも中学生の僕に、一人で生きていくのは無理だと思ったし、家出して変な大人に引っかかって怪しい仕事をさせられるよりは、父さん一人の相手を続ける方がましだと思って、諦めた。

父さんは僕が高校生の時に死んだ。

悲しくなんかなかった。ホッとした。もうこれ以上、『いやらしい子だ』って言われながら、セックスをさせられなくてすむんだと思った。

なのに僕の体は、しつこくて乱暴で僕を道具扱いするようなセックスに、慣れきっている。どうしたらいいんだろう。亜佐斗は僕をすごく大切に扱ってくれるんだけれど、セックスが物足りない。もっと激しく荒々しくなってくれればいいのに。

これから時間をかけて調教していくつもりだけど、うまくいくだろうか。亜佐斗は時々鈍いからなあ……。

時々でもないか。いつも鈍いんだ。僕が芝居をしていることに気づかない、間抜けな亜佐斗。心が傷ついて壊れたふりをするだけで、おろおろして後悔するお人好し。好きだと言ったのは嘘じゃない。便利なＡＴＭ兼使用人を嫌いになるわけはない。償いだと信じ込んで、一生僕に奉仕してもらうんだ。

それとも僕に亜佐斗が全財産を残して、死ぬなんていうのはどうだろう？

うん、悪くない。方法を考えてみよう。

＊

（まさか……そんな）

一度読んだだけでは理解できない。アーサーは臨の日記を何度も読み返した。

自分と再会してからの記述は、特に念入りに読んだ。昔は日本語の読み書きは不得手だったが、今はむしろ人より速く読めるようになっている。

何度読み返した時だろうか。ドアの開く音が聞こえた。

臨が風呂を出て、部屋に戻ってきたのだ。

「亜佐斗……？」

アーサーがタブレットを手にしていることに気づき、顔をこわばらせる。

「読んだよ」

一言で意味が通じたらしい。臨の顔に驚愕と絶望がにじんだ。その表情に、今までのような頼りなげな気配は微塵もなかった。

日記に書いてあったとおり、臨の心は壊れてなどいなかった。演技だったのだ。

(臨、お前は……お前って奴は)

すぐには言葉が出てこない。口角が上がって、自分の顔に笑みが浮かぶのがわかった。人間、心が限界を迎えると笑うしかなくなるというのは、本当らしい。とはいえ、表情筋が笑みを作っているだけで、心の中は激しく波立っている。

(俺がどんなに愛していると言っても、お前には届いていなかった。……これからも、届くことはないのか)

きっとそうだ。

ならば、自分のすべきことは一つしかない。気持ちを固めるために深呼吸してから、アーサーは臨に呼びかけた。

「臨、お前は本当に芝居がうまいな。これのおかげで、やっとお前の本心がわかった」

「やっ……違……」

「俺を騙して、寄生するつもりだったわけか。昔のいじめもただの八つ当たりなら、親の離婚もお前の計画とはな。俺が罪の意識を感じる必要など、どこにもなかった」

「な、何を言ってるの、亜佐斗？　やだよ、怖いよ……」

「そういう芝居はもういい。お人好しで間抜け、便利なATMとは、ずいぶんな言い草だ。本気で怒った時の俺がどんなふうに復讐するか、忘れたわけでもないだろうに。じっくり時間をかけて、思い出させてやる」

アーサーはタブレットを置き、立ちすくんでいる臨へと歩み寄った。


「い、痛い……もう逆らわないから、ほどいて……」

食い込む縄の痛みに耐えかね、臨は背後のアーサーに向かって懇願した。いや、懇願するふりをしたにすぎない。許されることはないだろうと確信していたし、それこそが自分の望みだ。

(亜佐斗、もっと僕を憎んで)

自分がそう仕向けたのだ。もっともっと手ひどく扱われるぐらいで、ちょうどいい。

そうはいっても、決して楽な状況ではなかった。

臨は両足首に長い棒をくくりつけ、脚を大きく開き、上半身を深く倒した格好にされていた。腰も胸も腕もロープに締め上げられていた。手を背中に回して拘束したロープの端は、天井の照明器具に結びつけてある。

後ろから臨を貫いたアーサーは、懇願の声に冷たい口調で答えてきた。

「嘘をつくな。乱暴なのが好きと書いていたじゃないか、お前は」

「あっ、ぁあう！　そこ、だめっ……!!」

縄をほどくどころか、臨の体がなお一層激しく揺さぶられるよう、突き上げてくる。体が揺れると、縄が腕に食い込む。それだけでは罰としては足りないと思ったのか、アーサーは乳首を強くつまんで捻り上げた。

ちぎれるかと思うほどの痛みに、臨は悲鳴をあげてのけぞった。

「痛いっ、許して……っ!!」

口のまわりにこびりついた精液が乾いて、喋りにくい。

「泣き言を言うな。俺を殺すつもりだったくせに。財産を残して死んでほしいと思っていたんだろう？」

「違……あれは、ちょっとした、冗談で……」

「お前の日記はコピーを取って保存した。ごまかしても無駄だ」

憎々しげに言いながら、アーサーは臨の内奥を荒々しく抉り上げてきた。荒い息遣いの合間に、臨を責める言葉が混じる。

「俺は本気で、お前の心が壊れたと思って、気遣って……ひどいことをしたと、後悔して……畜生っ！　許してもらえるなんて思うな……!!」

「ご、ごめん……ごめん、なさい、許して……あぁぁっ、そんな！　きつ、いっ！」

「誰が許すか。裏切り者。一生いたぶってやる」

「くぅっ！　あ、ぁ……っ」

喘ぎと懇願を繰り返しながらも臨は、心の中で計画成功の喜びを噛みしめた。

すべてが思いどおりだ。

臨を壊してしまったと思い込んで、自責の念に駆られるアーサーは可愛かったし、苦しむ姿を見ているのは面白く、愛おしかった。けれどいつまでもこんなことが続くとは思えなかった。演技をしていても、つい素の自分が出そうになる。自分の精神が正常だとばれる前に、計画を一段階進めなければならなかった。

いかにも書きかけという形で、『日記』を開いたままのタブレットを放置して、わざとアーサーに読ませた。『愛してなどいない、快適な生活が目的』と書いた言葉が効いたようだ。アーサーは激怒し、臨を拘束して犯し抜いた。

十日過ぎてもまだ臨への責めは、形を変え、内容を変え、続いている。この調子ならアーサーは、もっともっと長い年月をかけて、自分に復讐しようとするだろう。

(計画成功だ。大好きだよ、真面目な亜佐斗)

日記を読ませ、臨の計算どおりに操られていただけだと知ったアーサーが、可愛さ余って憎さが百倍となり、臨を徹底的にいたぶるようになる――それが計画の最終段階だった。

他の相手なら、ここまでの大芝居はできなかっただろう。衝動的に殺されてはたまらない。だがアーサーの性格なら、自分を殺すより、手元に置いてつなぎ止め、時間をかけて執拗に復讐する方法を選ぶだろうと考えた。

(亜佐斗がいくら僕を好きだって言っても、そんなの……いつまで続くかわからないじゃないか。一度、僕を置き去りにしたんだもの)

愛情など、信じられない。

世間一般で、無私で至高の愛と讃《たた》えられる母性愛は、自分には与えられなかった。母親と並んで愛を与えてくれるはずの父親は、自分を性玩具として扱った。親友と思っていたアーサーも、冷えきった家庭環境から助け出してはくれず、自分を置いて日本からいなくなってしまった。

自分に純粋な愛情を向けてくれたのは、飼い犬だけだった。

できることなら、また犬を飼いたい。だが自分の生活基盤が安定しない限り、それは無理だ。父が死んだあとにペットを飼わなかったのは、金銭的な面で充分な世話ができないと判断したせいだ。病気や怪我の時に『金がない』という理由で動物病院へ連れていけないのは、哀しすぎる。

(……そうだ、だから亜佐斗には僕に財産を残して死んでもらって……違う。だめだ。亜佐斗は死んじゃだめだ。ずっと僕を憎んで、飼い殺しにするんだ。僕は亜佐斗と、いつまでも一緒に……なんだろう、変だな)

矛盾があるような気がした。

自分はアーサーと一緒にいたいのだろうか。真剣な眼で『愛している』と告げた彼を信じられないのに、アーサーが自分を手放さないような策を練り、実行し——何を望んでこんなことをしているのだろう。

(……愛してる？　あり得ないよ。僕はもう二度と誰も好きになんかならない。信じたりしない。亜佐斗とは……そうだ、体の相性がいいだけなんだ)

そう思いついたら、ホッとした。

(僕が亜佐斗を愛してて、それで一緒にいたがってるなんて……そんなの、あり得ない)

愛情より、憎しみや怒りの方がずっと確実だ。その証拠に、自分は今でも父を憎んでいる。当人はもうとっくに死んでこの世にいないのに、思い出すたび胸の奥がどす黒い感情に満たされる。

だからアーサーにも、心から自分を憎んでほしい。

(愛したりしてない。愛してくれるなんて、信じない。ただ、亜佐斗に飼われていたら楽な暮らしができて、何かと都合がいいから一緒にいたい。……それだけなんだ)

何度も自分自身に言い聞かせるのは、心が揺らいでいるせいだとは気づかない。
臨はまぶたを閉じて、背後から貫かれる快感に身を任せた。

エピローグ

「許してもらえるなんて思うな」

罵りながらも、アーサーは注意深く臨の顔を見ていた。もちろん、観察していることを悟られないよう、激しい怒りを装っている。

予想どおり、自分が『許さない』『一生いたぶる』と言うたび、臨は安心の色を瞳に走らせた。以前『愛している』『好きだ』などと告げた時に臨が見せた笑みとは違う。あの時の臨は、正体のつかめない危うさを漂わせていた。

（愛というものを、お前はどうしても信じられないんだな……臨）

最初に日記を読んだ時は、激しいショックを受けた。

けれども今まで自分が見てきた臨の表情や態度を思い返し、書かれている内容と考え合わせるうちに、おかしいと思った。日記などというプライバシーの結晶が、あまりにも見やすい形で——というより、さあ読めと言わんばかりに、パスワードの設定もなしで置いてあったことも妙だった。

（あの日記は、俺に読ませるために書いて、用意してあったんだ。俺に臨を憎ませ、一生かけて復讐するように仕向ける目的で……）

臨自身は、経済的な面での庇護《ひご》者をほしがっているだけだと思っているかも知れない。だがもしそうなら、自分に再会する前にもパトロンを得て、その世話になっていたはずだ。臨にはそうできるだけの美貌と演技力がある。

なのにペットシッターの仕事できちんと生計を立てていたのだから、金銭面で楽をするためだけに、臨が自分に飼われようと思ったはずはない。臨は『相手がアーサーだから』飼われようと思ってくれたのではないだろうか。

もしそうなら、一種の愛と言えなくもないはずだ。

父親から性的虐待を受け、浮気していた母には関心を向けてもらえず、飼い犬による癒しだけを心の支えに育ってきた臨は、人間の愛情を信じられないのだろう。自分が誰かに愛されるとは思えず、さらに臨自身が誰かを愛することについても、理解できないのかも知れない。

だから臨は、自分をつなぎ止める手段に『憎悪』を用いたのだ。

アーサーの愛情を信じられない臨が、贖罪ならばいつまでも続くと考えるのは、理屈に合わない。

あの日記は嘘だ。

臨が欲したのは、アーサーの怒りと憎しみに違いない。愛は信じられなくても、負の感情なら信用するのだ。日記を読んだアーサーが怒りのあまり臨を殺す可能性も考えただろうが、衝動的な真似をしない性格だと踏んで、賭けたのに違いない。

(何しろ十三年もたってからの再会で、俺は一気に怒りを爆発させるのではなく、計画を立て、正体を隠して復讐を始めたからな。ねちっこく執念深く、たっぷり時間をかけて復讐するだろうと……もしかしたらお前を一生、飼い殺しにするかも知れないと、期待したのか？)

きっとそれが、臨の望みなのだろう。

だから自分は日記の記述を信じたふりをして、臨を飼う。臨が信用する感情、つまり憎しみや怒りを前面に押し出して責めつつ、時折、『愛しているからこそ、裏切られたことが苦しい』と教えていこう。

(そのうち犬を飼おう。それで少しでも臨の心がやわらげばいい)

だが自分の好意に気づかせてはいけない。愛を信じられない臨が、不安がる。『お前は俺の飼い犬以下だと思い知らせるために、犬の世話をさせる』とでも言えば、安心するだろうか。

憎んでもいない臨をいたぶるのは、つらい。しかしそれが臨の望みであるならば、叶えてやるしかない。いつか気づいてくれる日のために。

(臨、俺はお前を愛している。大切にしたい、守りたいと思っているんだ。本当だ)

何年かかってもいい。いつか臨が心を開き、自分の愛を信じてくれることを願って、ともに暮らしていこう。

(愛している、臨……一生、離さない)

(了)

あとがき

こんにちは、矢城米花《やしろよねか》です。

久々に初心に戻って、電車痴漢を書きたくなったことから思いついた話です。何年も書いていると、萌えポイントが少しずつ変化してきますが、凌辱や痴漢や晒し者というシチュエーションは、デビュー当時から変わらず、私の創作意欲をそそりますね。

ただし以前に書いた作品とは違って、今回は弱気な受が流されるように痴漢されるのではなく、『助けるために、やむを得ず従う』な感じです。優しさと癒しの受ではなく、もうちょっと、なんというか……えーと、何受かは読者様がお決めください。

攻は、前半が鬼畜攻です。復讐心に燃えています。しかし真相が明らかになったクライマックス以降は変化して……えーと、何攻になるかは読者様の判断にお任せします。

DUO BRAND.《デュオ ブランド》先生、すばらしいイラストをありがとうございました。担当T様やイーストプレス社様、この本の刊行にご尽力いただいた皆様に、深くお礼申し上げます。

そしてこの本を読んでくださった貴方に、心からの感謝を捧げます。

またいつか、お会いできますように。

矢城米花　拝

Splush文庫

この本を読んでのご意見・ご感想をお待ちしております。

◆ あて先 ◆
〒101-0051
東京都千代田区神田神保町2-4-7 久月神田ビル7階
㈱イースト・プレス　Splush文庫編集部
矢城米花先生／DUO BRAND.先生

復讐の枷
～それでもお前を愛してる～

2016年5月26日　第1刷発行

著　　者　矢城米花《やしろよねか》
イラスト　DUO BRAND.《デュオ ブランド》
装　　丁　川谷デザイン
編　　集　藤川めぐみ
発 行 人　安本千恵子
発 行 所　株式会社イースト・プレス
〒101-0051
東京都千代田区神田神保町2-4-7 久月神田ビル8階
TEL 03-5213-4700　FAX 03-5213-4701
印 刷 所　中央精版印刷株式会社

ISBN 978-4-7816-8600-4